Marcos Chicot
Diario de Gordon

Ayuntamiento
de Majadahonda
CONCEJALIA DE CULTURA

Este libro ha obtenido el
X Premio Francisco Umbral de Novela 2006

Marcos Chicot

Diario de Gordon

ONAGRO
EDICIONES
2007

Diseño de cubierta:
Ivan Markovic

1.ª Edición: marzo de 2007
© Marcos Chicot
© ONAGRO EDICIONES
   Boggiero, 153 3.º D
   50003 ZARAGOZA

ISBN: 978-84-88962-55-3
Depósito Legal: Z-492-07

Impreso en Zaragoza
por Talleres Editoriales Cometa, S.A.

A mis padres

PRÓLOGO

Afortunado lector, por bienaventurados medios a los que siempre estarás agradecido, ha llegado a tus manos el relato de un tramo de la vida del más insigne hombre que nuestra civilización ha engendrado.

Las comparaciones son odiosas, pero puedo afirmar sin sombra de duda que, sin la dicha de leer las páginas que orgullosamente he escrito, la única manera de concebir un prócer como Gordon sería haciendo un recorrido por la historia y combinando las virtudes de los más eminentes prohombres: Aristóteles, Leonardo da Vinci... un poco de Casanova y, por supuesto, Bond, James Bond.

DOMINGO 6 DE JUNIO

El gran Gordon abandonó la cama de buen ánimo, dispuesto a disfrutar con su característica jovialidad de las experiencias que le deparara el nuevo día. Era un hombre enérgico y emprendedor, y resultaba gozoso contemplarlo derrochando vitalidad desde primera hora de la mañana. En menos de hora y media fue capaz de ducharse y arreglarse con exquisita elegancia, y antes de las doce ya estaba dispuesto para el desayuno.

Mientras se lo preparaba en la cocina, espaciosa y decorada con gusto y distinción, contemplaba por la ventana a los vecinos de enfrente. La terraza de ellos quedaba a menos de diez metros de su propia ventana, al otro lado del patio interior que separaba ambos edificios. Se trataba de una familia encantadora, matrimonio y dos hijos pequeños, con los que mantenía una estupenda relación, igual que con el resto de vecinos, pues Gordon era muy apreciado en todo el vecindario. Su carácter afable le granjeaba la amistad y el cariño de todos aquellos que tenían la fortuna de conocerlo.

El hijo pequeño de los vecinos se asomó a la ventana y lo descubrió observando.

—¡Aaah! —chilló con su voz infantil—. Mami, el señor gordo me está mirando.

Gordon sonrió ante la inocente confusión. La madre apareció en escena y se llevó apresuradamente al niño al interior de la vivienda a la vez que le dirigía una rápida mirada sin llegar a despegar los labios.

—¡Buenos días, querida vecina! —dijo Gordon en un tono más que audible.

La vecina no debió de oírlo porque no respondió a su amable saludo.

Gordon ensanchó aun más su satisfecha sonrisa y continuó dedicándose a la laboriosa preparación que exigía su desayuno. Cuatro huevos fritos, varias lonchas de beicon churruscado y seis rebanadas de pan tostado con mantequilla y mermelada. Hay que confesar que, a pesar de haberse propuesto un desayuno ligero, por pura coquetería no por necesidad, no pudo evitar alimentarse de forma más completa con unas gruesas rodajas de mortadela, su alimento de calidad favorito. El café, eso sí, lo tomó con leche semidesnatada.

Con el estómago asentado y el espíritu tranquilo de los hombres justos, se dispuso a disfrutar de un agradable paseo por el parque. Nuestro hombre merecía sin duda esos momentos de asueto, pues prácticamente todo su tiempo —cercana ocasión tendremos de comprobarlo admirados—, lo dedicaba sin queja ni descanso al trabajo que con orgullo y habilidad desempeñaba en el departamento de reclamaciones de la cadena de electrodomésticos Truman & Hansen, la mayor y más excelente de cuantas operaban en el país.

En el luminoso ascensor coincidió con una vecina, llegada al edificio hacía apenas un mes, que llevaba a airear a su pequeño infante. A Gordon le encantaban los niños pero éste en concreto le resultó un poco repelente.

En su párvula mirada se reflejaban oscuras intenciones.

A pesar del evidente riesgo rascó la pequeña cabeza, disimulando la grima que eso le producía, para que el chico no se sintiera rechazado y porque la nueva vecinita estaba de quitar el hipo.

—Hola bonito. ¿Vas con mami a dar una vueltecita por el parque?

Mientras sonreía a la madre de aquella criatura y escarbaba en la nuca del renacuajo, éste le dio un pisotón que le hizo ver las estrellas.

—¡Pero qué malo eres! —le regañó azorada su encantadora madre—. Pídele perdón a este señor tan amable.

—Es igual señora —dijo Gordon mientras el niño sonreía maliciosamente sin intención alguna de disculparse.

Manteniendo sujeta la cabeza del arrapiezo, se agachó mostrando su sonrisa más amplia.

—Qué travieso eres bonito —fue bajando la voz y acercándose a su infantil oreja, bromeando, de forma que al final sólo el niño podía oírlo—. Ten cuidado con lo que haces con esa piernecita, a ver si te vas a quedar sin ella. ¿Entiendes? —dijo tensando la mano que tenía apoyada en el tierno cogote.

El niño no respondió, pero pareció entender porque dejó de sonreír y se quedó callado y muy, muy quieto, paralizado podríamos decir. Al salir del portal, Gordon y la casi seducida vecina se despidieron cordialmente.

Antes de dirigirse al parque se detuvo frente al portal de su edificio y disfrutó durante unos instantes del calor del sol y de la húmeda brisa que jugaba con su elegante peinado. El portero acababa de cortar el césped y se extendía por la atmósfera un agradable olor vegetal.

La escena era admirable a la par que bucólica. Rodeado de las plantas de su portal parecía la estatua de algún héroe mitológico.

Sumido en ese estado de placidez, el pobre Gordon no podía ni de lejos imaginar los sucesos que antes de que el sol se pusiese iban a acontecerle, ni la suma vileza de las personas, si es que así puede llamárselas, con las que iba a enfrentarse.

Casi hasta la muerte.

En el parque se entretuvo observando la curiosa fauna que deambula, sin orden ni criterio, por los jardines públicos de las grandes ciudades. A pesar de que la civilización debería condensarse en los núcleos urbanos, allí donde sociedad y tecnología se enlazan de forma más sublime, es precisamente en los parques de las ciudades donde uno puede verse sobresaltado por la visión de personajes cuyas conductas y atuendos, por no decir disfraces, resultarían pavorosos de no estar en lugar público y a plena luz del día.

Gordon tuvo que esquivar a jóvenes sin educación, respeto ni prudencia alguna, que se abalanzaban sobre él montados en los más grotescos artilugios con ruedas. Estos cacharros han sido ideados por algún fabricante para sacar los cuartos a los insensatos descerebrados sin importarle que se partan la crisma o, peor aún, que descalabren a alguna persona decente que padezca el infortunio de cruzarse en su camino.

Además de los proyectiles humanos, también campaban por allí a sus anchas animales feroces dispuestos a morderle a uno las canillas en cuanto su dueño se descuidara. Esos animales mostraban, cuando la persona que debía controlarlos se distraía, una expresión de fiereza y maldad en la mirada que sólo en pesadillas se podría haber visto anteriormente. Estas fieras tan peligrosas corrían enloquecidas detrás de las pelotas o palos que les lanzaban irresponsablemente sus dueños, o detrás de palomas, ardillas y cualquier otro inocente animal que echarse a las fauces, humanos incluidos.

En un desagradable incidente, una de esas pelotas, tan peligrosas como granadas de mano por lo que viene detrás, cayó justamente delante del pobre y desprevenido Gordon. Como él intuyó, dos segundos después una enorme masa descontrolada de músculos y colmillos hizo su aparición derrapando hasta golpearlo; atrapó la pelota con los dientes, la dejó de nuevo en el suelo y se enfrentó a Gordon mirándolo directamente a los ojos y olfateando el mejor lugar donde hincarle los afilados caninos. Gordon actuó como el héroe que era, e ignorando el golpe que el perrazo le había propinado y la terrible amenaza que sobre él se cernía, adoptó un aire indiferente mientras buscaba con la vista al domador de aquella fiera.

Su vida corría un serio peligro.

Un desarrapado veinteañero llegó trotando y contuvo al animal:

—Vamos Ricky, no molestes.

La babeante alimaña desistió de sus criminales intenciones al saberse vigilado y, tras escoger la pelota

15

en vez de la carne de Gordon para ocupar sus temibles e insaciables mandíbulas, siguió al individuo que, asombrosamente, no daba muestra alguna de ir a disculparse por haber jugado con su vida. Por eso Gordon, ignorando el riesgo que corría, decidió recriminarle.

—Jovenzuelo, debería llevar sujeta a esa bestia.

—Lo siento —dijo el desarrapado como si nada, no sin antes poner cara de imbécil.

—Pues no parece que lo sienta. Y su perrazo ha estado a punto de morderme, después de arrollarme.

El jovenzuelo lo miró con expresión de perplejidad, debía de estar drogado, y lo agredió verbalmente en lugar de mostrar, como correspondía, congoja y arrepentimiento.

—¡Pero qué dice! No lo ha tocado ni le ha ladrado ni nada. Además es un cachorrillo y lo único que hace es jugar.

—¿Que qué digo? Digo que debería estar en una perrera, y usted, deslenguado, en un reformatorio —sentenció con vehemencia.

A pesar de lo correcto y justo de sus palabras, otros jóvenes con ridículos ropajes, probablemente pertenecientes a la banda del primer sujeto, hicieron su aparición y se sumaron a la agresión.

—Oiga, cómo alucina, nadie se ha metido con usted. Y el perro ése no lo ha tocado, además de que sólo mide un palmo.

Gordon templó su ánimo, y se aprestaba valeroso a la batalla, cuando el enorme animal salvaje lanzó un poderoso ladrido cuyo significado era tan claro como la sanguinolenta mirada que le dirigía. A pesar de que aquellos... delincuentes deberíamos decir, se merecían una lección de urbanidad, el brillo de los punzantes colmillos convenció a Gordon de que sus lecciones no iban a ser adecuadamente atendidas. Sin embargo, no pudo menos que ponerlos en su sitio mientras digna y presurosamente se alejaba.

—Sois unas lacras para la sociedad. El cáncer de la civilización.

Lo acertado de su sentencia los dejó sin palabras, aunque cuando sonriente y ufano se alejaba le pareció que decían algo como loco, gordo y calvo, obviamente desprovistos de todo criterio y entendimiento, seguramente por la sopa de drogas en que debían de estar flotando sus cerebros.

El sofoco por lo sucedido, unido a la calurosa temperatura de la mañana casi veraniega, hizo que Gordon sintiera unas ganas irreprimibles de beber algo fresco. Tenía que evitar deshidratarse a causa del abundante sudor que exudaba y que ya formaba amplios y oscuros cercos en el cuello de la camisa y en las axilas. Como nuestro hombre era prudente hasta controlando los gastos que la satisfacción de las necesidades más primarias le suponían, decidió acudir a una fuente cercana en lugar de pagar precios inmorales por una bebida comercial.

Tras dos minutos de dura caminata, llegó a una fuente del parque en la que advirtió con inquietud que un montón de pequeños animales, en este caso humanos, jugueteaban en ella llenando globos con agua y lanzándoselos entre ellos. Esperó a un momento de calma en el atropellado juego de los monstruitos y se acercó lentamente. Cuando casi alargaba la mano para abrir el grifo y que manara el líquido que tanto necesitaba, un par de pillos lo adelantaron violenta y maliciosamente con sus bicicletas y comenzaron a llenar varios globos. Los globos eran gigantes y el chorrillo de la fuente ridículo, por lo que Gordon contempló angustiado el serio riesgo de desvanecerse mientras aquellos egoístas trataban de acaparar todas las reservas de agua de la ciudad. Estaba llegando a su límite físico cuando reparó en que uno de los niños había dejado al pie de la fuente una lata de refresco para poder realizar la operación de llenado. Impelido por la necesidad y aprovechando el descuido, cogió el refresco que el niño había depositado en suelo. En el momento en que se lo llevaba a la boca, justo antes de que pudiera dar el primer trago, un ruido espantoso, un chillido inhumano, surgió de la garganta de una de aquellas bestias evidenciando que no eran inocentes criaturas, como habían tratado de aparentar, sino todo lo contrario. El problema fue que también a él lo pusieron en evidencia, pues debido a aquel estruendo decenas de personas dirigieron sus ávidas miradas al cándido Gordon. En un instante todo el parque lo miraba, él sostenía a un centímetro de la boca una lata de refresco que claramente no le pertenecía y un niño pequeño lo señalaba y lloraba a sus pies como si lo hubiera torturado antes de desvalijarlo. El otro niño no lloraba sino que ponía su granito de arena al chillar acusatoriamente.

—¡Nos ha robado la lata! ¡Es un ladrón! ¡Aaaaaaaaah!

Gordon trató de sonreír a la vez que ponía la lata de refresco en las manos del niño, a ver si así se callaba, pero el maldito enano siguió gritando con todas sus fuerzas.

Trató de tranquilizarlo haciendo uso de sus profundos conocimientos de psicología infantil.

—Niño, no sigas gritando, que ya te la he devuelto, ¡leches!

Mientras hablaba intentó taparle la boca con la mano para poner un poco de orden pero la pequeña fiera le mordió y gritó aún más fuerte. Varios adultos se acercaron y, confundidos por la escena, empezaron a recriminarle su actitud.

—Está robando el refresco a los niños.

—Pero qué clase de persona es usted.

—Debería darle vergüenza, con esa facha de señoritingo.

Mientras aquellos confundidos y enloquecidos espectadores decían todas las barbaridades que se les ocurrían, el niño le lanzó la lata de refresco manchando su traje y magullándole la pierna. A continuación rompió a llorar y a chillar con frenético histerismo, como si Gordon le hubiera dado a él con la lata en la cabeza.

—¡Buaaaaaaaaaaaaa!

La gente que se arremolinaba en torno al irreal suceso parecía pensar que era un violador, un secuestrador y un asesino a juzgar por la agresividad que comenzaba a mostrar hacia el maltratado Gordon. Éste trató por última vez de apaciguar a aquellos pequeños siervos de Satanás.

—Venga, renacuajo —masculló entre dientes—. ¿Por qué no te bebes toda el agua de la fuente y te callas de una vez, bonito?

19

—¡Que se la beba tu padre, viejo! —eso pareció darle una idea— ¡Papá! ¡Papáaaaaaa!

La situación se volvía insostenible.

Dos docenas de personas lo tenían casi rodeado y no daban muestras de ir a comportarse de forma razonable. Seguramente eran parientes de los jóvenes delincuentes de los perros antropófagos, por lo que Gordon eligió la única alternativa posible antes de que el padre de la criaturita se presentara.

Empujó la bicicleta del niño, que le cerraba la salida, y echo a correr como alma que persigue el diablo, nunca mejor dicho. Sin embargo, nadie parecía seguirlo, tan sólo unas cuantas voces indignadas se alzaron de nuevo en su contra en una especie de colérica catarsis final.

Cuando llevaba ya unos cincuenta metros bajó el ritmo porque su corazón amenazaba con reventar y apenas podía respirar. Cambió un par de veces de camino, mirando con inquietud hacia atrás, y se encaminó a su casa con intención de librarse definitivamente del bestiario que poblaba aquella jungla urbana.

Unos minutos después, todo parecía en calma. Estaba andando por un camino de arena a punto de salir del parque, cuando un grito pavoroso sonó a sus espaldas y sintió un fuerte golpe en la cabeza y otro en la espalda. Un instante después sus ropas estaban empapadas y el pelo mojado le caía descolocado por la cara sin que quedara rastro alguno del distinguido peinado que instantes antes luciera.

—¡Ja, ja, ja! ¡Viejo gordo!

—¡Calvo!

Los dos hijos de Satanás lo espetaban mientras huían a gran velocidad pedaleando en sus condenadas bicicletas. Él no pudo reaccionar, aturdido como estaba por los golpes y la humillación. En un primer instante pensó en acudir a comisaría, pero por experiencias previas sabía que no podía fiarse de la comprensión de los agentes. Así pues, insultado, amenazado, golpeado, humillado, empapado y atacado de todas las maneras posibles, llegó a su casa; bebió por fin el agua que tanta falta le hacía, se puso el pijama, rezó por la resurrección de Herodes y la destrucción de Sodoma —el parque maldito— y se acostó dispuesto a olvidar y, tal vez, pues nuestro hombre era magnánimo, a perdonar algún día.

LUNES 7 DE JUNIO

Gordon se despertó alegre, olvidado ya el episodio surrealista del día anterior. Era día de trabajo y nuestro protagonista, al contrario que la mayoría de la gente, gandules sin esperanza, estaba contento de ir a desempeñar su deber y su derecho en la gran empresa Truman & Hansen, la más importante del país.

Una vez más, como veremos más adelante, una sorpresa se iba a cruzar en su camino a lo largo del día. Pero esta vez no iba a ser una sorpresa desagradable.

Todo lo contrario.

Desayunó con tiempo para que no le sentara mal una deglución apresurada. Prefería levantarse media hora antes y así poder disfrutar de los placeres que la madre naturaleza proporciona. Además era lunes, primer día de la semana laboral, y a nuestro hombre le gustaba trabajar duro desde el primer momento. Una alimentación completa es la base de un trabajo satisfactorio durante toda la semana, se decía a sí mismo mientras desayunaba los mejores embutidos del país.

Tres cuartos de hora después, cuando se sintió lo bastante lleno como para aguantar hasta el café de media mañana, se levantó y acabó de vestirse y acicalarse. La imagen que el espejo le devolvía era la de la elegancia personificada. Hacía ya varios años que, desgraciadamente, la gente había dejado de utilizar los trajes que él seguía llevando con orgullo. La gente imponía la comodidad a la prestancia pero para Gordon elegancia era sinónimo de comodidad. A pesar de que siempre vestía de forma muy correcta, esa mañana se esmeró especialmente, quién sabe si movido por algún tipo de instinto sobrenatural que no sería de extrañar que nuestro hombre poseyera.

Salió de casa cerrando con llave, doble vuelta (sensatez y prudencia van de la mano), y decidió ir caminando hasta la oficina. No dejaba de ir en taxi por dinero, pues Gordon era un hombre espléndido, sino por mantener la forma física. En alguna ocasión cogía el autobús pero ese día, tal vez acordándose del domingo en el parque, no quiso mezclarse con la chusma con la que solía uno encontrarse en los transportes públicos. La mayoría eran "estudiantes" que iban a sus institutos a instruirse con sus colegas en las últimas tácticas de picaresca y vandalismo.

La oficina distaba casi un kilómetro de su casa a través de la amplia calle Pacífico, pero como la mañana era fresca y el trayecto de ida cuesta abajo, sólo se detuvo a equilibrar la respiración dos veces en todo el camino.

A las diez menos cuarto ya entraba por la puerta.

Gordon trabajaba en el departamento de atención al cliente tramitando las quejas que, normalmente sin sentido alguno, realizaban cierto tipo de inméritos clientes. Su misión, imprescindible para el buen funcionamiento de Truman & Hansen, era la tramitación de las quejas, el computo y control de las incidencias y la realización de informes sobre estas cuestiones cuyo detalle resultaría demasiado complejo para la mayoría de la gente. Por ello no se explicarán aquí, sino que dejaremos que sea nuestro gran hombre el discreto ejecutor y pleno responsable de la primordial tarea que sobre sus anchos hombros había depositado confiadamente la dirección de la empresa.

En su departamento también trabajaba otro hombre, de insulso nombre Peláez, que había entrado en la empresa cuando Gordon llevaba ya muchos años en ella. Peláez era pues un subordinado natural de Gordon, aunque el nombre de sus cargos fuera similar. Este hombre era poca cosa a todas luces. Estaba bastante esmirriado y, aunque se esforzaba en el día a día, ante todo seamos justos, requería continuamente del apoyo y consejo que gustoso le prestaba su experto compañero.

—Buenos días, Peláez.

—Buenos días, Gordon.

—¿Qué tal van las cosas, Peláez?

—Llevo desde las ocho analizando las incidencias del mes pasado. Creo que con los retoques que he hecho a la hoja de cálculo las cifras quedan mucho más claras.

—¿Has tocado el programa original? —Gordon dio un paso atrás y abrió los ojos con horror—. Llevamos cuatro años con él sin que nos dé ningún problema, y ahora te pones a hurgar en sus indescifrables entrañas. Haz lo que quieras —hizo un gesto con la mano que mostraba su renuncia a seguir combatiendo la irracionalidad de su compañero—, pero ya sabes a quién se le va a caer el pelo. Es más, para evitar cualquier responsabilidad, vas a ser tú quien meta los datos en él hasta que se estropee y después a ver cómo lo explicas.

—Gordon, tienes una cara alucinante. Llevo dos años aquí y desde que entré me has hecho meter a mí todos los datos. Además, no es la primera vez que toco el programa. Lo he ido adaptando a nuestras necesidades desde el principio. Aún así, se nos queda pequeño, por lo que he estado buscando por Internet algunos programas de incidencias más profesionales. Voy a hacer una propuesta de compra a la dirección.

Después de decir esto, Peláez se lo quedó mirando con sonrisa de bobalicón, como un perro que esperara una galleta de su amo por haber hecho cualquier gracia estúpida.

Nuestro hombre le respondió con desdén.

—Si en vez de jugar con el ordenador te ocuparas un poco más del trabajo de verdad, no tendría que ocuparme yo de todo. Llevo un mes ordenando las incidencias del año pasado y no me has ayudado en nada.

Peláez compuso un gesto de desesperación antes de protestar. El pobre no se enteraba de nada.

—Gordon, no creo que sirva de nada clasificar las incidencias por la agresividad mostrada por el cliente o... ¿cómo lo llamas?... Ah, sí, por su singular estulticia. Y aunque sirviera de algo, creo que deberías meter los datos en el ordenador y tratarlos informáticamente.

—Mira, chaval, todavía no eres capaz de intuir dónde está el meollo de la cuestión. Cuando cuentes con mi dilatada experiencia podrás opinar con fundamento. Seré generoso contigo y te diré a dónde quiero llegar —acomodó sus extensas posaderas en el borde de una crujiente mesa y esbozó una sonrisa de superioridad antes de iniciar su sabia alocución—. Estoy convencido de que seríamos la cadena con menos quejas si no vendiéramos electrodomésticos a los jóvenes. Sobre todo a los chicos. Y especialmente a los que tienen peor pinta. Debería ser obligatorio incluir una foto del cliente en los partes de incidencia. Los melenudos de hoy en día no son capaces de utilizar un electrodoméstico ni de aprender a hacerlo —la cara de Gordon enrojecía según su razonado discurso le calentaba el ánimo, e iba elevando progresivamente el tono de voz—. Están todo el día drogados y meten la vajilla en la lavadora, la ropa en el horno y vete tú a saber qué barbaridades más. Y como se gastan en vicios los cuatro duros que sus irresponsables padres les dan, no nos pagan las reparaciones y alegan que la garantía les cubre. No deberían tener permiso para usar electrodomésticos... ni para poseer animales salvajes —añadió acordándose del parque—. Deberían concederles la mayoría de edad y los derechos civiles a los cuarenta años. No habría problemas, porque ninguno va a llegar a esa edad. Sinceramente creo que la civilización moderna, que tan esforzadamente hemos erigido, no tardará en quedar despoblada.

Cuando acabó de hablar sudaba copiosamente. Se había emocionado hasta la extenuación y tuvo que tomar asiento para tranquilizarse. La lección había merecido la pena porque Peláez lo miraba sin decir nada, con los ojos abiertos como platos.

Sin duda la admiración lo había dejado sin palabras.

Dejando a Peláez estupefacto ante ideas superiores a las que su escaso intelecto podía asimilar, Gordon reanudó la tarea de clasificar las incidencias del año anterior. Las iba amontonando por meses una vez que había ordenado las edades de los clientes por tramos. Las que más le interesaban eran las de los menores de veinticinco años. Ésas se las leía de cabo a rabo, buscando patrones que indicaran una mentalidad criminal común o algo similar que pudiera conducir a la anulación de la garantía. No le había contado a Peláez todo su plan porque era muy probable que intentara arrebatárselo, aun sin comprenderlo del todo. Hasta un hombre mediocre vería la genialidad de su proyecto.

Demasiado le había dicho ya, pensó inquieto.

Una hora después salió a tomar un café. En el hall de entrada se cruzó con su jefe, Míster Garrido, que lo saludó discretamente con una expresión seria en su semblante. Gordon le respondió con una sonrisa de complicidad. Su jefe era un hombre prudente y mesurado, como él. Aunque no habían hablado mucho, era evidente que era consciente de que él era el pilar básico del departamento. La experiencia de Gordon infundía tranquilidad a Míster Garrido. Gordon llevaba más de veinte años en el mismo departamento y su jefe sólo hacía seis que había llegado a la empresa. No hacían falta palabras para que le mostrara el agradecimiento por su labor. Míster Garrido quería mantener la imagen de seriedad ante sus empleados y por eso Gordon, entendiéndolo perfectamente, siempre le respondía de forma comedida, con una ligera sonrisa, con un guiño o con un disimulado gesto de ánimo con el puño.

Esos detalles distinguen a los elegidos.

Una hora después volvió a su despacho. En el momento de entrar se oían risas.

—Ja, ja, ja. Es alucinante lo de este tío. Menos mal que va a entrar...

En ese momento traspasó el umbral del despacho y su jefe dejó de hablar. Peláez estaba sentado en su silla y Míster Garrido en el borde de una mesa, desde donde lo miró circunspecto y no añadió nada más a lo que estaba diciendo, probablemente un poco avergonzado por haber abandonado su seriedad habitual. Peláez debía de haberle contado un chiste grosero y eso lo había hecho reírse por compromiso. Era comprensible.

—Hasta luego Peláez.

—Hasta luego señor Garrido.

Cuando quedaron solos en el despacho, Gordon situó su silla frente a la de Peláez y esperó pacientemente a que fuera su compañero el que le contara sobre qué había parloteado con su jefe. Peláez se revolvió inquieto en el asiento antes de empezar a hablar.

—Gordon, me ha dicho el señor Garrido que va a entrar otra persona en el departamento. No sé si ya lo sabías.

Él no sabía nada, pero de ningún modo iba a mostrar desconocimiento en una cuestión tan importante como ésa.

—Algo he oído. ¿Qué te ha dicho exactamente?

—Que va a entrar una persona temporalmente. Quieren que vaya saliendo el trabajo atrasado y van a coger a alguien para el verano, en principio hasta septiembre.

—Ah, muy bien —se sintió aliviado sin saber por-qué—. ¿Es alguien con experiencia?

—Creo que tiene algo de experiencia, pero poca. Es una chica joven.

Sintió impulsos contradictorios. Lo de joven le provocaba cierto rechazo, pero pensar en una mujer joven trabajando a su lado y a la que sin duda tendría que aleccionar le resultaba estimulante. Experimentó un inusual desconcierto, pero por el momento no pensó más en esa ambigua sensación.

—¿Cuándo entra?

—Mañana.

—¿Y va a estar a jornada completa? —hacía las preguntas de un modo casual, mientras se miraba las uñas o se sacudía del traje alguna pelusa inexistente.

—Sí, de ocho a seis.

—Muy bien, muy bien.

Le dio la espalda a Peláez y reanudó su importante tarea; sin embargo, anduvo un poco distraído el resto del día. Apenas se leyó algunas reclamaciones y sólo pudo centrarse un poco en las de las mujeres jóvenes, pensando una vez más que la foto del cliente debería ser obligatoria, pero esta vez lo pensaba por una razón nueva.

Mientras él reflexionaba de esta forma, Peláez seguía modificando peligrosamente el programa de quejas e incidencias y vagueando por Internet.

A las cinco y media Gordon decidió que por una vez no estaba siendo muy productivo y se marchó a casa. En el momento de pasar por delante del despacho de Míster Garrido, una hermosa joven entraba en él. Gordon le sonrió seductoramente e hizo una pequeña reverencia. Su instinto innato de *latin lover* le llevó a ello. La joven le devolvió una sonrisa tímida, fijándose en su magnífico aspecto, seguramente impresionada por su garbo y distinción. Él continuó su camino con soltura, aparentando indiferencia, con una expresión que no podía sino reflejar seguridad, experiencia, dominio de la situación. Mientras salía del edificio se congratuló por haber decidido vestirse con tanta elegancia ese lunes.

La historia de amor acababa de comenzar.

A esa hora todavía no había mucha gentuza en el autobús que le subía la cuesta de la calle Pacífico y pudo centrarse en sus nuevos pensamientos. Al llegar a casa seguía un poco intranquilo, pero que nadie piense que era porque fuese un pervertido; simplemente ocurría que el gran Gordon era más bien solitario. Siempre había sido bastante atractivo, y seguía siéndolo en los días que aquí se narran, pero había escogido el camino de la soltería y el hecho de ir a trabajar junto a una mujer joven, y ahora sabía que también atractiva, lo desconcertaba un poco. Hacía más de veinte años que apenas trataba con mujeres.

Esa noche se revolvió inquieto en la cama, nervioso como un adolescente ante su primera cita.

Veremos qué le deparaba el día siguiente.

MARTES 8 DE JUNIO

A las ocho de la mañana estaba sentado en su mesa. Peláez llegó cinco minutos más tarde y lo miró asombrado pero, tras abrir y cerrar la boca un par de veces, no dijo nada. Gordon vestía su mejor traje y se había perfumado con la colonia que tan buenos resultados le diera en su juventud. Todavía le quedaba casi medio litro de aquel bote de dos litros que compró haciendo como siempre un gran negocio. El asombro de Peláez se debía sin duda al atractivo de Gordon. Además de regarse generosamente con la selecta colonia, se había puesto una camisa de fiesta, que hacía más de quince años que no usaba, de color blanco brillante y graciosos picos largos que se balanceaban al moverse. En el cuello llevaba un pañuelo que parecía de seda natural y que le daba un aire de sultán o algo así. No pudo reprimir una sonrisita de superioridad al saludar a Peláez, que tan triste contraste representaba a su lado.

—Buenos días, Peláez. ¿Se te ha comido la lengua el gato?

—No, no. Buenos días Gordon.

Peláez encendió el ordenador y rápidamente se puso a trastear en él. Con la mesa casi vacía parecía un triste estudiantillo al lado del puesto de trabajo de Gordon. En la mesa de Peláez apenas había papeles

33

mientras que en la de Gordon los montones de reclamaciones se extendían en todas direcciones, mostrando un sutil y complejo orden. Alrededor de Gordon se respiraba dinamismo y eficiencia, especialmente ese día que iba a tener que instruir a un nuevo empleado. Tenía que dar ejemplo y se esmeraba en patentizar la eficacia requerida en un empleado de Truman & Hansen y encarnada en él. Y no porque el nuevo empleado fuera una joven hermosa, no. Gordon se hubiese mostrado igual de dispuesto en cualquier caso simplemente por una cuestión de profesionalidad.

A las nueve de la mañana, la puerta del despacho se abrió y entró Míster Garrido con la bella señorita que Gordon había visto entrando en el despacho de su jefe el día anterior. La muchacha estaba encantadora luciendo su timidez. Era evidente que se fijaba especialmente en Gordon, quien se puso rápidamente en pie para recibir a su nueva compañera. Peláez se levantó tras él, como también tras él estaba en gentileza.

—Buenos días señores —dijo Míster Garrido—. Les presento a la que será su nueva compañera, la señorita Marta Ellis. Éstos son el señor Gordon y el señor Peláez.

Gordon se adelantó y tomo la mano que su nueva compañera le ofrecía. Haciendo una reverencia, le besó la mano mientras la miraba conquistador a los ojos.

—*Enchantée*, Miss Ellis.

Ella retiró la mano y respondió a su saludo débilmente, sin duda impresionada. Peláez la saludó burdamente, con un apretón de manos de lo más vulgar. Míster Garrido continuó hablando.

—La señorita Ellis se incorpora hoy al departamento. Nuestra intención es que trabaje a la par con ustedes y que entre todos logremos que se reduzcan los plazos de respuesta, actualmente exageradamente largos, que tenemos en las reclamaciones de nuestros clientes. En un principio quiero que se ponga con usted, Peláez —Gordon abrió mucho los ojos pero no dijo nada, esperando a que su jefe continuara y aclarara el aparente absurdo. Miró de reojo a Peláez, pero éste no evidenciaba sorpresa alguna. Su jefe continuaba dando instrucciones—. Quiero que la señorita Ellis aprenda a manejar nuestro programa de incidencias y que usted la enseñe. Y cuando adquiramos el nuevo sistema, quiero que todos lo aprendan a la vez —en ese momento, imposible saber porqué, miró a Gordon—. ¿Ha quedado todo claro?

Gordon se repuso rápidamente de su sorpresa inicial y respondió de forma inmediata.

—Por supuesto Míster Garrido, haremos que Miss Ellis se encuentre como en casa y que se adapte lo más rápidamente posible. Dentro de poco podrá usted estar tan orgulloso de ella como de nosotros —aquí había incluido a Peláez por generosidad y para mostrar espíritu de equipo.

Míster Garrido miró alternativamente a Miss Ellis y a él al hablar.

—Yo ya me he acostumbrado a que me llame Míster Garrido, pero igual la señorita Ellis prefiere que la llamen señorita Ellis y no Miss Ellis.

Miss Ellis se ruborizó.

—Es igual —dijo mientras miraba al suelo moviendo los pies, un poco nerviosa.

—Bien, pues no hay nada más que decir, de momento. Peláez, ya sabe lo que tiene que hacer, póngala al día y vamos a ir sacando todo este atasco.

Míster Garrido salió de su despacho y quedaron los tres solos. Gordon se sintió un poco incómodo porque Miss Ellis dudaba claramente entre prestarle atención a él, autoridad natural en el despacho, o a Peláez, siguiendo las instrucciones de Míster Garrido. Haciendo gala de su proverbial delicadeza la ayudó a salir del paso.

—Miss Ellis, supongo que querrá que alguien con una amplia experiencia como la mía, que llevo más de veinte años en la empresa, le cuente cómo funciona el negocio, qué es lo que se hace en este departamento y, lo más importante, cómo hay que hacerlo. A lo largo de la mañana encontraremos la ocasión, no se preocupe. De momento póngase con Peláez para que le enseñe cómo guardamos los datos en el ordenador. Disculpe que no esté con ustedes ahora pero el trabajo de ordenador es demasiado elemental como para que pierda la mañana con él, ya que estoy trabajando en un proyecto de la mayor importancia —buscó sonriente la mirada cómplice de Peláez pero éste parecía estar ausente, muy serio en todo caso—. Bueno, no perdamos ni un minuto y a trabajar, que para eso nos pagan.

Ocupó su silla y observó a su nueva y jovencísima discípula discretamente agazapado tras un gran montón de reclamaciones. Tenía una figura más que grácil, voluptuosa, aunque se movía como si no fuera consciente de ello, y su rostro era muy hermoso. La naricita se dibujaba graciosamente encima de unos labios rojísimos que se fruncían ante las incompetencias de Peláez de una forma casi pecaminosa, y eso turbaba el pensamiento de Gordon; pero lo que más lo desconcertaba eran sus enormes ojos, que a veces saltaban hacia él y lo descubrían espiando sus encantos, por lo que tuvo que dejar de mirarla y ponerse a trabajar de verdad.

Casi se muere de hambre por la mañana. A las once propuso hacer un merecido descanso, pero Peláez, seguramente celoso de sus avances, no dejó que Miss Ellis saliera a tomar algo con él a pesar de la mirada suplicante que ella le dirigía. En consecuencia, pasaron toda la mañana en el despacho atareados como no se había visto a nadie desde los tiempos de la segunda guerra mundial. Gordon clasificó más de dos montones, tanto como en toda la semana anterior, mientras que Peláez no dejaba ni un minuto tranquila a la pobre chica. Gordon estuvo esperando el momento en que Peláez saliera a orinar, pero éste se contuvo, seguramente más allá del umbral del dolor, y no abandonó el despacho ni un instante. Debía de estar enamorado de Miss Ellis pero no sabía, no podía saber, que no tenía nada que hacer, pues Gordon ya había decidido a esas alturas que iba a seducir a Miss Ellis. Volcaría en esa conquista todo su encanto y su amplia experiencia con el sexo débil. No pudo evitar sentir un poco de pena por Peláez, a pesar de lo pesado que se estaba poniendo. Pero en el amor y en la guerra ya se sabe... Peláez estaba derrotado de antemano.

Al mediodía Peláez hizo su primer intento serio.

—Señorita Ellis —dijo con forzada despreocupación—, creo que nos hemos ganado un descanso y un buen almuerzo. En el comedor de la empresa se come bastante bien y se tarda mucho menos que saliendo a comer fuera. Podemos ir ahora que no hay demasiada gente y estaremos de vuelta en tres cuartos de hora.

Ella asintió sin decir nada y fue entonces cuando Peláez trató de completar su jugada.

—Gordon, supongo que irás a casa, como siempre. Nos vemos por la tarde.

—No, no, Peláez —éste lo miró sorprendido, descolocado, frustrado incluso—. Si fuera a comer a casa me demoraría en exceso. Mi proyecto es demasiado importante como para perder ni un minuto. La modernización del departamento y de los sistemas de reclamaciones en general dependen de mi esfuerzo y, por lo tanto, no puedo permitirme disfrutar de comida casera, como todos desearíamos. Tendré que quedarme a comer con vosotros en el comedor —puso cara de víctima y, atiplando teatralmente la voz, se dirigió con dejo de denodado sacrificio a Miss Ellis—. Soy un mártir moderno, un altruista del avance empresarial.

Así pues, haciendo de tripas corazón, renunció a las dos horas de comida y reposo caseros que habitualmente se concedía. La buena marcha del departamento le permitía ese pequeño lujo pero en aquel momento era otra cosa lo que estaba en juego, la conquista de Miss Ellis, y por esa causa estaba dispuesto a sacrificarse y a comer las miserables raciones que daban en el lúgubre comedor de la empresa.

Durante la parca comida aprovechó para instruir a la recién incorporada con relación a algunos pormenores de la compañía. Le habló de los líos entre algunos empleados, de la incompetencia de otros, de las personas más conflictivas y, en general, de los asuntos más entretenidos, haciendo que Miss Ellis pasara un rato divertido y dejara escapar con él su risa cristalina mientras Peláez quedaba inevitablemente en un segundo plano. Miss Ellis fue muy amable con él y le dio la mitad de su comida ya que estaba a dieta, aunque no le hacía ninguna falta, como Gordon le hizo notar galantemente. Gracias a esa ración extra, y a que pudo coger dos postres sin que las camareras se dieran cuenta, pudo calmar un poco el hambre voraz que lo roía desde que había tenido que saltarse el tentempié de media mañana.

Cuando apenas llevaban una hora en el comedor, Peláez se empezó a poner nervioso por los avances de Gordon.

—En fin, creo que deberíamos ir pensando en volver al trabajo, llevamos una hora comiendo y hay todavía bastante tarea para hoy.

—Peláez, no seas pesado —Miss Ellis lo apoyaba con una sonrisa deslumbrante—. No te das cuenta de que estamos disfrutando de una agradable y merecida sobremesa. Vete tú si quieres y mientras le iré contando a nuestra encantadora compañera algunos secretillos de la empresa, entre los cuáles puede que salgas tú. Vete, vete.

Gordon rió abiertamente, palmeándose la tripa, mientras Peláez trataba de aguarles la fiesta quedándose. A pesar de ello siguieron pasándolo bien durante un buen rato. Miss Ellis se encontraba evidentemente encantada, en contraste con la mañana tan aburrida que había pasado con Peláez. En el fondo puede que fuera una ventaja que se hubiera puesto primero a trabajar con su insulso compañero. Lo asociaría con el trabajo pesado y a Gordon con la diversión y el esparcimiento.

Las cosas marchaban rodadas.

Veinte minutos más tarde Míster Garrido pasó con Míster Valdés, gerente del centro, y se detuvieron a saludarlos. Gordon era uno de los trabajadores más antiguos de la empresa y por ello la dirección no dejaba pasar ocasión de mostrarle su deferencia.

—Buenas tardes. ¿Disfrutando de las excelencias de nuestras cocinas? —era Míster Garrido el que hablaba, ellos se limitaron a sonreír—. Señor Valdés, permítame presentarle a nuestra más reciente incorporación, la señorita Marta Ellis. Ha empezado esta mañana en el departamento de reclamaciones y esperamos que sea un gran apoyo en la implantación de los nuevos programas informáticos.

Se saludaron cortésmente y Gordon estuvo muy atento, aprovechando que la atención estaba distraída, a las miradas que entre todos se dirigían. Sacó la conclusión de que no sólo Peláez se sentía atraído por la bellísima Marta Ellis sino que tampoco Míster Garrido le quitaba ojo. En cualquier caso, Míster Garrido no lo inquietaba demasiado porque estaba casado. Era con Peláez con quien debería tener más cuidado. Decidió volver a ser el centro de la atención que le había sido distraída por la presencia de sus jefes y se puso en pie a la vez que hablaba.

—Volvamos al trabajo. Peláez, no te hagas el remolón. A todos nos agrada estar de charla con Miss Ellis pero tenemos mucho trabajo por hacer. Despégate de esa silla y sigamos cumpliendo con nuestro cometido.

Peláez le lanzó una mirada muy poco amable y volvieron al despacho.

Durante toda la tarde fue haciéndose cada vez más patente la posición que ocupaba cada uno de ellos. Gordon supo ganar posiciones y mantener a Peláez en desventaja interrumpiéndolo de vez en cuando para entretener a Miss Ellis de las pesadas peroratas con que estaba siendo torturada. En el despacho se creó un ambiente festivo a costa de Peláez y gracias a las ocurrencias del ingenioso Gordon.

Pensó en invitar a Miss Ellis a un guateque esa misma noche pero no había ninguna necesidad de precipitarse. Su posición era firme y todo casanova sabe que la espera acrecienta el deseo de una mujer.

Ya en casa, después de la ducha que se daba todos los días antes de acostarse, se colocó desnudo frente al espejo y practicó sus posturas más irresistibles. De frente casi no se le veía la tripa. De hecho, metiéndola un poco tampoco destacaba tanto de lado. Apretó los músculos y sonrió satisfecho. Pocos se mantenían tan bien como él. Sacó la báscula de debajo del lavabo y se pesó. No estaba tan mal. No superaba por mucho los cien kilos y había que tener en cuenta que era muy alto, medía casi uno ochenta.

Orgulloso de su físico se dijo que iba a actuar en esa relación como James Bond, el héroe de las películas de acción que tanto le gustaban. Su indiferencia era lo que hacía que se volvieran locas por él las mujeres más estupendas. Miss Ellis bien podría ser una de las chicas Bond y él, con un buen traje y un descapotable, haría palidecer a cualquiera de los actores que habían interpretado a Bond, James Bond.

MIÉRCOLES 9 DE JUNIO

A lo largo del día había ido haciéndose patente cuál era el favorito de Miss Ellis. De hecho, a media mañana Gordon había conseguido quedarse a solas con ella al tener que acudir Peláez al despacho de Míster Garrido y habían mantenido una conversación muy esclarecedora.

—Bueno, Miss Ellis, al fin nos deja un rato tranquilos el pesado de Peláez.

Ella esbozó una exquisita mueca de complicidad.

—La verdad es que necesitaba un descanso porque estoy viendo más cosas en dos días que en un año de estudios y no creo que después me pueda acordar de todo.

Gordon abrió las manos, extendió ligeramente los brazos y sonrió de medio lado en un gesto de seguridad y control.

—No se preocupe —hizo una pausa para acentuar el efecto de dominio de la situación—. Aquí estoy yo para echarle una mano. Además, estoy convencido de que le resultará muy fácil aprenderse todas esas pequeñeces —se acercó a ella mientras hablaba, deslizándose con su silla alrededor de la mesa que los separaba, tratando de crear un ambiente íntimo entre ellos—. Creo que es usted muy inteligente y estoy pensando... —bajó un poco la voz, casi estaba susurrando—... estoy pensando, Miss Ellis, que voy a poder compartir con usted mi proyecto. Peláez no sirve para estas cosas. Es muy voluntarioso pero no da para más. El proyecto que estoy desarrollando hará que el que lo presente obtenga una posición muy privilegiada dentro de la empresa. Es algo realmente revolucionario —le pareció que en los resplandecientes ojos de Miss Ellis brillaba ligeramente la codicia—. Creo de veras que usted y yo podemos lograr grandes cosas dentro de la empresa. Siempre he trabajado sólo en el proyecto pero para rematarlo y presentarlo me vendría muy bien alguien con su resolución y, ¿por qué no decirlo?, con el hechizo que usted ejerce sobre los hombres —en ese momento se oyeron los pasos de Peláez—. Aquí está otra vez nuestro amiguito. Recuerde lo que le he dicho pero no lo comente con nadie. Entre usted y yo hay una corriente especial, yo también me he dado cuenta —le hizo un guiño—, pero Peláez ha de quedar al margen. No está hecho para las grandes cosas.

Peláez entró y Gordon volvió a su mesa.

—Oye Gordon, me ha dicho el señor Garrido que te vas de vacaciones la semana que viene. ¿Es cierto?

—¿Cómo podría dejar de ser cierto algo que dijera Míster Garrido? Me voy a las exóticas playas de Mallorca el viernes por la tarde y vuelvo el sábado de la semana que viene.

—Pues podrías haberme dicho algo. En el departamento somos dos, bueno, ahora tres, y lo normal si uno coge vacaciones es que se lo comunique a los demás para tratar de organizar las cosas durante su ausencia. ¿No te parece?

Peláez parecía realmente molesto.

A Gordon no se le había ocurrido decirle que se iba a ir de vacaciones porque la principal actividad del departamento era su proyecto, que llevaba a cabo en solitario y, además, porque no quería que a Peláez se le ocurriera inmiscuirse. El proyecto podía estar una semana parado y al resto de tareas no importaba si se las prestaba más o menos atención. Gordon ya había avisado, y obtenido el visto bueno, a Míster Garrido. Desde su punto de vista era más que suficiente.

—Perdona Peláez, no he encontrado ocasión —dijo sonriendo con plácida socarronería hacia Miss Ellis—. Es más, pensaba que Míster Garrido ya te habría avisado. Tampoco quería preocuparte, y no hace falta que hagas nada de lo que llevo yo. Está todo bastante adelantado y no pasa nada porque se quede una semana parado. Sé que prefieres que esté contigo pero creo que ya te desenvuelves muy bien sin mí. Al menos en cuanto a las cosillas de las que sueles ocuparte —le sonrió abiertamente para transmitirle su confianza, el pobre Peláez era un chico bastante inseguro—. Si surge algún problema serio puedes contar con Míster Garrido, en caso de que no puedas esperar a que yo vuelva. Y te estás olvidando de una cosa, Peláez. Miss Ellis está sobradamente capacitada para ayudarte en cualquier cosa y casi diría yo que la veo más preparada que tú para ocuparse de ciertos asuntos serios que llevo entre manos y de los que ya te he comentado algo en otra ocasión.

Peláez puso la cara de bobo que solía lucir cuando Gordon hablaba y no dijo nada más. Miss Ellis lo miraba con evidente admiración y agradecimiento por sus comentarios.

Se la estaba metiendo en el bote a marchas forzadas.

El resto de la tarde se mostró muy activo. Era preciso que Miss Ellis lo considerara un hombre de provecho y no pensara que tenía algún punto flaco. Hay que reconocer que en realidad lo único que hizo fue remover los dos montones del día anterior sin avanzar nada, pero no es menos cierto que estuvo maquinando los siguientes e importantes pasos a dar en la relación, todavía incipiente pero ya innegable, con su bella compañera de trabajo. En los momentos iniciales era cuando había que prestar más atención. Era evidente que había ganado su admiración y respeto, ahora había que hacer que maduraran los sentimientos más profundos que ya empezaban a anidar en el corazón de la joven sin que ella, en su deliciosa inocencia, aún se hubiera dado cuenta.

Al final de la jornada de trabajo se quedó un rato observando a Peláez y a Miss Ellis. Peláez aporreaba teclas y mantenía un monólogo aburrido mientras la pobre Miss Ellis miraba fijamente a la pantalla. Parecía a punto de dormirse y a la vez estaba más bonita que nunca con los ojos brillantes por el reflejo del monitor. Para sacarles de su abstracción, Gordon dejó caer un montón de reclamaciones sobre la mesa.

—Bueno, son las cinco y me encantaría quedarme unas cuantas horas más trabajando pero tengo que hacer la compra. Me estoy quedando sin comida y en mi casa siempre tiene que haber alimentos variados y de calidad para poder preparar esas recetas que tan magníficamente cocino, ¿verdad Peláez?

—No lo sé Gordon, nunca me has invitado a tu casa; y no creo que hayas invitado jamás a nadie pero si tú lo dices, seguro que cocinas estupendamente —se le veía cansado, sin duda demasiado trabajo huero.

—Peláez, no seas rencoroso, ya te invitaré. No puedo invitar a todo el mundo a la vez —esta vez envolvió con la mirada a Miss Ellis de forma directa. Se acercaba el momento de pasar a la acción y de que se dijeran el uno al otro lo que sentían. Aunque por supuesto no delante de Peláez—. Hasta mañana. Mantengan esto funcionando en mi ausencia.

Era cierto que últimamente no había invitado a nadie a su casa, pero Peláez no tenía por qué saber detalles de su vida personal. Él nunca se los había dado. Además, estaba llegando el momento de cambiar lo de tener gente a cenar. Iba a comprar unas cuantas velas además de la comida.

En el supermercado de su barrio había bastante gente. Parecía que nadie tuviera nada mejor que hacer. El mundo está lleno de vagos, concluyó. Iba con un carrito pero lo llevaba casi vacío porque en dos días se iba de vacaciones y no quería dejar comida en la nevera. Al llegar a la sección de embutidos se dio cuenta de que entre la gente que hacía cola, esperando a que los atendieran, había alguna vecina suya. No se llevaba muy bien con sus vecinas mayores porque eran todas unas viejas cacatúas, unas chismosas que lo miraban por encima del hombro, con una mezcla de desdén y temor.

Al cabo de un rato una de las señoritas que atendía se dirigió hacia ellos.

—¿Quién va ahora, por favor?

Gordon fue el primero en reaccionar, levantando la mano y abriéndose paso con su corpachón. Una de sus vecinas protestó un poco, pero no le dijo nada directamente. Era cierto que ella había llegado antes que él, pero no era menos cierto que estaba cotilleando cuando habían preguntado que a quién le tocaba.

—Me pone un kilo y medio de mortadela de oferta, por favor. En lonchas gruesas. Así —mostró una distancia de un centímetro entre el índice y el pulgar.

Mientras le cortaban en rodajas su embutido, tras ajustar la máquina a su especial y exquisito grosor, le llegó el turno también a una de las cacatúas. Con aires de señorona pidió en voz absurdamente alta que le cortaran cuatrocientos gramos de jamón ibérico porque tenía invitados y a ella le gustaba dar lo mejor a sus invitados y el jamón era algo que siempre se agradecía si era bueno y bla, bla, bla. En ese momento la señorita que atendía a Gordon acabó de cortar su mortadela.

—¿Algo más además de la mortadela? —a Gordon le pareció que lo decía en voz alta para molestarlo, para que las cotorras de sus vecinas se dieran cuenta de que se estaba llevando el embutido más barato de la tienda. Le respondió en voz aún más alta.

—Sí. Me pone eso en un paquete y aparte me pone —subió mucho el tono de voz y miró a la vieja cacatúa mientras exclamaba— ¡ochocientos gramos de jamón serrano ibérico de bellota del de la izquierda, del más caro, porque tengo mucha hambre y me voy a hacer un bocadillo enorme y siempre se agradece un buen bocata de lo mejor cuando uno tiene hambre!

Las cacatúas cuchichearon entre ellas.

—Qué barbaridad.

—Qué desvergüenza.

—Es ese señor tan raro que vive en mi edificio.

A Gordon le asaltaron unos casi irrefrenables deseos de coger un chorizo de considerables dimensiones que había justo enfrente de él y golpearlas hasta que se callaran de una vez por todas. En vez de eso decidió seguir humillándolas, haciendo gala de su proverbial flema.

—Me pone también, señorita, un surtido de todos los ibéricos que tengan porque probablemente tenga alguna invitada y a mí me gusta tener de lo mejor y que sobre, porque prefiero tirarlo que parecer tacaño como una ¡urraca! —la última palabra la gritó hacia sus vecinas. Después se volvió de nuevo hacia la dependienta—. ¿El caviar es en otra sección, verdad? Bueno, no se preocupe, después lo cojo.

Estuvieron un buen rato sirviéndole todo lo que había pedido, tiempo que dedico con gozo y aires de triunfo a observar a sus vecinas comprando cosas que no valían ni una décima parte que lo que él había pedido. Se mostraban vencidas, sin hablar entre ellas y con la cabeza gacha.

Le dieron una bolsa con la mortadela y otra enorme con todas las exquisiteces y con un ticket cuyo importe era también enorme, unas veinte veces el dinero que llevaba encima. Se pagaba en las cajas de la entrada y hacia ellas se dirigió pensando en cómo resolver la complicada situación.

Había bastante cola y le tocó detrás de una señora que parecía tener más de cien años. Gordon se entretuvo, una costumbre suya, revisando el contenido de los carritos y las cestas de las personas que tenía delante. La anciana llevaba un carrito rebosante y entre las muchas cosas que lo llenaban había unos sobres para hacer natillas que Gordon no había visto nunca en el supermercado. Debía de ser un producto nuevo o uno que ya había estado allí, pero tan absurdamente oculto que Gordon no lo había visto. En cualquier caso la anciana sabía dónde encontrarlo y él no. Eso llevaba de forma inevitable a tomar una decisión, y Gordon encontró, satisfechísimo de sí mismo, la manera más eficiente de actuar, matando tres pájaros de un tiro.

Miró a su alrededor con mucho cuidado, ya hemos dicho que era un hombre muy prudente, y se aseguró de que nadie lo veía. Cogió lentamente del carrito de la anciana las natillas, que tan buena pinta tenían, y dejó en él, al fondo y un poco tapada, la bolsa de los fiambres carísimos. Acto seguido dio un golpecito en el hombro a la anciana a la vez que fijaba en su rostro la más beatífica de sus sonrisas. La matusalena se volvió lentamente. Parecía que al girarse se fuera a quebrar como un árbol seco.

—Buenas tardes, buena mujer. Permítame pedirle un favor. Sólo llevo tres o cuatro cosas y veo que usted tiene un carrito lleno hasta los bordes. No me atrevería a pedirle esto si no fuera urgente, pero tengo que ir a visitar a mi madre al hospital y va a acabar el horario de visitas. ¿Sería tan amable de dejarme pasar delante de usted?

La anciana lo miró sonriente, con una mirada bondadosa. Sin duda pensaba que era un buen hijo y que le gustaría tener uno como él. Gordon se esforzó en mostrar preocupación por su madre imaginaria y llenó su expresión de una angustia atroz a la vez que retorcía las manos.

—Pase, pase buen hombre. Y vaya corriendo a visitar a su pobre madre. Ojalá me visitaran a mí mis hijos, pero sólo los veo por Navidad. Ni siquiera se acuerdan todos de llamarme por mi cumpleaños. Es muy triste comprobar...

Gordon dejó de prestar atención pero tuvo que soportar un murmullo detrás de él hasta que pagó. Después escapó rápidamente de allí, no fuera a ocurrir que aquella reliquia tan insoportable tratara de adoptarlo. Tampoco estaba de más alejarse un poco antes de que a la anciana le presentaran una cuenta que equivaldría al doble de su pensión mensual. Igual pagaba con tarjeta y ni se daba cuenta. Este pensamiento despertó una sombra de culpabilidad en Gordon que rápidamente desechó, porque si le pasaba algo así a aquella vetusta anciana era por culpa de los hijos tan malvados que parecía tener; o de ella misma por haberlos educado tan mal. Quién podría afirmar que en su juventud no golpeaba duramente a sus chiquillos o los privaba de sus necesarios alimentos y que por eso ahora no querían verla ni en pintura. El mundo era muy duro a pesar de los esfuerzos de Gordon por mejorarlo. En el fondo había realizado una buena acción proporcionándole a aquel fósil el único rato de compañía de todo el año.

Reconfortado con estos pensamientos se derrumbó en el destartalado y polvoriento sofá de su salón, cenó dos enormes y sabrosos bocadillos con la mitad de la mortadela y se tumbó a esperar el sueño mientras veía la televisión y pensaba en Miss Ellis.

Seguramente ella también estaba pensando en él.

JUEVES 10 DE JUNIO

A pesar de la emoción que le proporcionaba estar junto a Miss Ellis, su pensamiento durante el jueves estuvo ocupado en otras cosas. La proximidad de las vacaciones le provocaba un nerviosismo que le hacía cosquillas en el estómago y le obligaba a comer continuamente. Hacía mucho tiempo que no iba a la playa y no estaba seguro de saber qué era lo que tenía que llevar, cómo tendría que comportarse, cómo debería vestirse... La playa estaría sin duda llena de señoras a las que podría conquistar haciendo uso de sus muchos encantos. Sólo le asaltaba una pequeña inquietud, el hecho de que hacía más de veinte años que no iba a la costa. Él siempre había sido más de ciudad que de playa pero en una de las películas de Bond, James Bond, que había visto hacía unos meses, el espía pasaba por unas playas llenas de mujeres estupendas que deseaban colgársele todas del cuello. Fue en ese momento cuando decidió que sus próximas vacaciones serían en el mar.

Gordon se parecía bastante a James Bond, sobre todo en lo más importante: En el aplomo, en la presencia, en la desenvoltura... Al verlo, una mujer no podía pensar sino que junto a él estaría segura, divertida y satisfecha, muy satisfecha.

Sacó disimuladamente una hoja que llevaba en el

bolsillo y la desdobló entre varios montones de reclamaciones del año anterior. Miró hacia Peláez y Miss
Ellis para ver si lo veían pero parecían absortos en la
pantalla del ordenador. En este caso era Miss Ellis la
que tecleaba y Peláez sólo miraba. Como Peláez se descuidara se iba a quedar sin trabajo en menos de lo que
cantaba un gallo. Y, la verdad, Gordon preferiría trabajar con Miss Ellis que con el aburrido de Peláez. A
pesar de lo que dijera Míster Garrido, no era cierto
que en el departamento hiciera falta más gente. Sí era
cierto que las reclamaciones no se atendían al momento pero a Gordon no le parecía que tuviera que ser de
otra manera. Más bien al contrario. Entre las conclusiones a las que estaba llegando en su proyecto estaba
que si se hiciera caso a todos los pesados que venían
a quejarse nada más llegar, en poco tiempo se correría
la voz y se llenaría el departamento de moscones
quejándose porque el botón de su lavadora estaba un
poco duro, porque el color de la tapa del horno no
hacía juego con sus zapatos nuevos o por cualquier
otra necia estupidez.

En resumen, y adelantamos aquí uno de los hallaz-
gos de Gordon, si pones dificultades y retrasas la atención de los quejicas, las reclamaciones se reducirán al
mínimo, a las verdaderamente fundadas. Se correrá la
voz de que en Truman & Hansen no se atiende a cualquier tunante y el departamento podrá ocuparse de la
gente honrada y disponer de datos que verdaderamente permitan mejorar la producción. El departamento
de reclamaciones es el corazón de un sistema productivo. Una vez filtradas las quejas se puede saber qué es
realmente necesario cambiar y qué no. Gordon sonrió

y se dijo que iba a ser considerado el Einstein de las reclamaciones, de la empresa Truman & Hansen y del sistema productivo mundial en cuanto sacara a la luz sus descubrimientos. El Nobel de Economía no sería suficiente para honrarlo. Pero no tenía prisa. El martes había hecho prácticamente lo que pensaba hacer en todo el mes. Además, es sabido que los días antes de vacaciones no se trabaja realmente. Se hace como si se trabajara, pero no se trabaja. Por eso podía, con la conciencia tranquila, dedicar el día a repasar la lista que había hecho de las cosas que tenía que llevarse a la playa. Leyó una vez más la larga lista en la que se contaban, entre otras cosas, las siguientes:

—Equipo completo de buceo (gafas, tubo y aletas) —en la sección de deportes del centro comercial le habían atendido amablemente y le habían recomendado sobre qué le iba a resultar necesario para su nivel y ambiciones.

—Flotador, manguitos y colchoneta —Gordon no practicaba la natación desde su niñez y ni siquiera entonces la había ejercitado mucho, por lo que probablemente necesitaría tomar precauciones los primeros días. Por ello había comprado también un chaleco salvavidas que se había probado posteriormente en la bañera de casa y con el que parecía un vigilante de la playa. Mejor, más jovencitas revolotearían a su alrededor.

—Gafas de sol —el dependiente le había recomendado unas muy horteras pero él escogió otras, de espejo y con cristales anchos, muy parecidas a un par que había tenido en su juventud y con las que había causado verdaderos estragos.

—Profilácticos —Gordon ya disponía de alguno de estos adminículos, pero al intentar revisar el estado de uno de los que había encontrado en el fondo del cajón de las medicinas, se le había resquebrajado entre las manos al tratar de desenrollarlo. Debían de hacerlos con un período de caducidad muy reducido.

En general, se había hecho con un equipo bastante completo pero había prescindido de unas cuantas cosas para comprarlas en su destino, ya que iba a viajar en avión y por lo visto había límite de equipaje.

Pasó casi todo el día soñando despierto, contemplando las fotografías del folleto de la agencia de viajes. Iba a viajar a una isla turística, Mallorca, siguiendo recomendaciones de varias agencias que había visitado antes de decidirse. Él les había hecho notar que buscaba algo adecuado para un hombre soltero, abierto a la aventura y a nuevas relaciones.

Iban a ser unas vacaciones de película.

Durante la tarde le hizo algunos comentarios insinuantes a Miss Ellis pero se sintió un poco culpable porque estaba pensando más en las mujeres que iba a conocer durante sus vacaciones que en ella. Tal vez podría haberla invitado a irse con él, pero como acababa de entrar en la empresa no dispondría todavía de vacaciones.

La eclosión de su amor tendría que esperar un poco más.

Al regresar a casa del trabajo subió en el ascensor con una de las vecinas chismosas que lo habían molestado el día anterior en el supermercado, la que había comprado cuatrocientos gramos de jamón ibérico. De natural cortés y mesurado, se contuvo de preguntarle si había sido suficiente para sus invitados o si habían tenido que untar el pan en la grasilla del plato vacío. Ella lo miró durante todo el trayecto con lo que claramente era una mezcla de respeto y fascinación. Evidentemente ninguna mujer de su entorno pasaba por alto la mayor atención que Gordon prestaba últimamente a su apariencia externa.

Pasó el resto de la tarde haciendo las maletas y repasando la lista, a la que continuamente añadía nuevas cosas que de repente le parecían imprescindibles. Una mesita de playa, un freesbee, su *Manual del perfecto seductor...*

Al anochecer se tendió en el mullido sofá para ver por cuarta o quinta vez las dos últimas películas que había comprado de Bond, James Bond, y tomar anotaciones en una libreta con la que complementaba la sabiduría que se destilaba en el *Manual del perfecto seductor*. Cuando estaba a medias de la primera película, una música horrible, que ya desde antes lo estaba molestando, subió de volumen haciendo casi imposible que pudiera entender los diálogos, que por otra parte se sabía casi de memoria. El ruido provenía del patio interior. Fue a la cocina, se asomó a la ventana y vio que en el edificio de enfrente, dos pisos por debajo del suyo, un montón de jóvenes desperdicios de humanidad entretenían sus horas alcoholizándose y rompiendo la paz del barrio con una radio enorme, colocada en una silla al lado de la puerta de la terraza que daba al patio interior desde lo que debía de ser el salón de su casa.

Gordon apagó la luz de la cocina y se asomó de nuevo lentamente, sin que ellos pudieran verlo. La mayoría de los jovenzuelos estaba en interior de la casa, en el salón, pero en la terraza había una pareja fumando algo, sin duda un porro o alguna otra droga, tal vez crack. Esa gentuza sólo era capaz de moverse mientras las drogas fluyeran a raudales por su sangre contaminada. Esperó pacientemente a que la terraza estuviera vacía y entonces se asomó y gritó distorsionando la voz que apagaran aquel asqueroso estruendo. Nadie hizo caso a su pacífica solicitud. Abrió entonces la nevera y estuvo un rato decidiendo qué era lo que no iba a comerse en los dos próximos días y podía lanzar para intentar cargarse la radio. Resolvió que nada de comida le sobraba, se comió con las manos un bote de melocotón en almíbar y, cuando acabó de sorber el dulce líquido, buscó por la cocina otro potencial proyectible.

Al cabo de un rato se le ocurrió una gran idea.

Cogió dos pesadas bolsas que tenía llenas de basura, y que llevaban un par de semanas pendientes de que las bajara a la calle, y se fue con ellas a la ventana. Una vez más mataría varios pájaros de un tiro. Acabaría con la música y no tendría que bajar a la calle para sacar la basura.

Calculó con cuidado la distancia y el impulso necesario y lanzó la primera bolsa. El tiro le salió demasiado alto y la bolsa chocó contra la pared del edificio; se rompió y cayó por el patio interior diseminando restos orgánicos y basura de todo tipo por la ropa que había colgada en las cuerdas de tender de los pisos inferiores. Prácticamente nada llegó abajo. Gordon permaneció escondido unos diez minutos y después se arrastró hasta el cuarto de baño y cogió un pequeño espejo para asegurarse sin riesgo de que nadie estaba mirando hacia su casa. Gracias al espejo pudo ver sin asomarse que la terraza de la casa de la fiesta seguía vacía. Armándose de valor y actuando con el arrojo que le caracterizaba, se asomó otra vez y lanzó la segunda bolsa. Esta vez hizo pleno. La bolsa entró limpiamente por el vano de la terraza y reventó contra la silla de la radio. La silla se volcó y cesó la música. Inmediatamente comenzaron a oírse insultos de todo tipo.

—¡Me cago en la leche, pero qué coño es esto!

—¡Tío, tu casa está llena de mierda!

—¡¿Quién ha sido el cabrón?!

Las voces sonaban ahora más fuertes. Debían de estar ya en la terraza. Gordon estaba acurrucado contra la pared, debajo de la ventana, la carne de su cuerpo desplazándose en oleadas provocadas por los espasmos de la risa apenas contenible. Estaba eufórico y a cada grito de los indeseables de enfrente su dicha aumentaba. Con placer se habría asomado a la ventana y les habría gritado que había sido él en nombre del barrio, de las buenas costumbres y de la decencia que hubiera impedido a cualquier ser civilizado armar semejante alboroto cuando eran casi las diez de la noche. Lo hubiera hecho pero ello hubiese provocado sin duda una escalada de violencia y ya sabemos que Gordon era una persona pacífica. Por otra parte, no quería herir a unos niñatos. Le bastaba de momento con el escarmiento que les había dado.

Los gritos continuaban.

—¡Tiene que haber venido de esa casa!

—¿Quién vive ahí, tronco?

—Un vecino chalado. Un gordo flipao que está todo el día haciendo cosas raras.

A Gordon esos comentarios no le afectaron porque eran emitidos por mentes degeneradas, casi destruidas. Mucho más preocupante hubiera sido que semejantes individuos lo alabaran.

—¡Ey, tío! ¡Pues vamos a devolverle toda su mierda!

Un instante después una cáscara de plátano impactó contra la pared de su cocina, justo enfrente de donde Gordon permanecía acurrucado.

—¡Toma, cerdo cabrón, cómete tu basura!

—¡Joder, estaos quietos! No sabemos si ha sido él. Esta es mi casa y el que tire algo más se larga.

Después de esto se oyeron unos murmullos ininteligibles y el ruido que hacían mientras recogían la basura de la terraza y de parte del salón. Cerraron la puerta y volvieron a poner la música, aunque ya casi no se oía. Con el espejo, Gordon pudo comprobar que la terraza estaba de nuevo vacía. Se levantó intentando que no se le viera y con una idea fija en la mente. Una de las voces que había oído era casi indudablemente de uno de los drogadictos que lo habían atacado el domingo en el parque. Y los azulejos de su cocina estaban manchados con pegotes de plátano podrido.

La cosa no iba a quedar así.

Limpió la pared y bajó a la calle. Su mente privilegiada ya había desarrollado un plan. Fue a una cabina de teléfono, descolgó el auricular y marcó el número de la policía. Para hablar puso un trapo de forma que su voz sonara distorsionada.

—Policía, dígame.

Como precaución adicional, decidió imitar la estridente voz de sus vecinas cacatúas.

—Buenas noches. No puedo decir quien soy pero tengo que presentar una denuncia.

—Para presentar una denuncia tiene que ir a una comisaría y tendrá que dar sus datos.

—No puedo dar mis datos. Tomarían represalias contra mí —añadió un dejo de llorosa desesperación al vibrante chirrido en que había convertido su voz.

—A ver, señora, tranquilícese y dígame qué le ocurre.

—Hay unos drogadictos en mi barrio. Están todo el día haciendo fiestas salvajes e impidiendo dormir a todo el vecindario —estaba tan metido en su papel que se le escaparon unas lágrimas—. Ahora mismo tienen la música a un volumen horrible y arman tal escándalo que no entiendo como no están ustedes ya aquí.

—Vamos a ver. Son las diez de la noche y todavía se puede tener música puesta. Otra cosa es que la tengan extremadamente alta. ¿Y por qué dice usted que son drogadictos?

—Ahora son las diez, pero hay veces que la mantienen a tope hasta las seis de la mañana. Y digo que son drogadictos porque les he visto drogarse a plena luz del día. Son unos yonquis. También son muy listos y cuando se sienten observados bajan la música para evitarse problemas, pero luego vuelven a subirla. Además, no es sólo música lo que se oye ahí. Hoy he oído, al igual que otras veces, gritos de chiquillas a las que parecen estar violando —no pudo reprimir un par de sollozos al imaginarse a las pobres chiquillas—. También tiran cosas por la ventana. Han estado a punto de matar a unos pobres transeúntes con las botellas que les han lanzado. Hoy parecen estar más desquiciados que nunca. Si no quieren que esto termine en tragedia deberían venir y llevárselos a todos.

La policía que atendía el teléfono insistió en que diera sus datos pero los únicos datos que él dio fueron los de su vecino delincuente. Colgó y volvió corriendo a su casa.

Desde su ventana calculó a dónde darían las otras ventanas del piso de la fiesta. El edificio hacía esquina frente a su casa en el lateral en el que el patio quedaba abierto a la calle, de forma que Gordon veía tanto el patio interior como la calle frente a la fachada principal. Cogió varios botellines de cerveza vacíos y los tiró a la calle, enfrente de la casa de ellos. Se oyeron gritos provenientes de donde había caído las botellas. Mejor. Tal vez así más gente llamara a la policía para denunciar a los jóvenes malhechores. Había organizado una operación perfecta. No pudo contenerse y fue reptando hasta su cuarto para ponerse las gafas de sol y el chaleco salvavidas; parecía un chaleco antibalas y le daba una apariencia realmente imponente. Después de observarse durante un rato en el espejo del baño, admirado de su imagen hasta casi olvidarse de la misión, volvió a arrastrarse hasta la ventana del patio interior y acechó con el espejo para ver cuándo llegaba la policía. Con las gafas de sol veía un poco peor porque ya era noche cerrada pero Bond, James Bond, no se hubiera arredrado por una insignificancia como aquella.

Sin embargo, realmente se veía muy mal así. Probablemente James Bond usara gafas de infrarrojos.

Diez minutos después todo parecía tranquilo. En la casa de enfrente la fiesta continuaba aunque casi no se oía con la puerta de la terraza cerrada.

No se imaginaban lo que se les venía encima.

La policía hizo acto de presencia con sigilo, dete-

niéndose frente al portal de los delincuentes. No llevaban las sirenas ni las luces puestas. En el momento en
que se bajaban del coche, Gordon, tomando todas las
precauciones posibles y jugándose la vida por librar al
barrio de gente indeseable, lanzó con todas sus fuerzas
otra botella de cerveza, esta vez llena. El fin justificaba
el gasto. El lanzamiento fue tan perfecto que la botella
acabó su rápido vuelo dando de lleno en uno de los
focos delanteros del coche. La chapa se abolló y el cristal se rompió, si bien la luz no llegó a apagarse. Los
policías se movieron por unos momentos como hor-
migas en cuyo hormiguero se ha metido un palito. Por
fin, pusieron las destellantes luces azules y amenaza-
ron con un altavoz a quien estuviera lanzando botellas.

Gordon pensó en lanzar otra pero habría sido
demasiado riesgo y no creía que fuera necesario. A los
cinco minutos pudo ver gracias al espejito, acurrucado
en la pared bajo la ventana, el revuelo que se armaba
en la casa de enfrente. Los policías no estaban siendo
muy amables con sus vecinos. Unos minutos después
llegó una furgoneta de la policía y se llevó a unos cuantos esposados. En la calle había gente que señalaba
hacía arriba y parecían asegurar que también a ellos les
habían lanzado botellas. Esta vez Gordon no pudo contener el regocijo y estuvo diez minutos rodando por el
suelo de su cocina con una risa histérica, debido a la
liberación de la tensión tanto tiempo acumulada. Tuvo
que hacer un esfuerzo para calmarse o acabaría pade-
ciendo un ataque al corazón. Cuando por fin pudo
levantarse fue al dormitorio y se acostó con pinchazos
en la tripa de tanto reírse y con una sonrisa enorme,
fruto de la satisfacción por la justicia impartida.

VIERNES 11 DE JUNIO

Por fin viernes, por fin a la playa.

Gracias a la experiencia vivida la noche anterior, había dormido como un bendito y había llegado a trabajar a las once de la mañana. Como ya dijimos, es una práctica aceptada que los días anteriores a las vacaciones la concentración se relaje y no se trabaje con toda la intensidad que es habitual. Además, ése iba a ser un día incompleto en cualquier caso, pues el vuelo de Gordon salía a las seis de la tarde y por ello no iba a regresar al trabajo después de comer.

Por la mañana estuvo esperando el momento en que pudiera hablar a solas con Miss Ellis. A las doce llegó el momento pues Peláez se ausentó durante casi veinte minutos. El tío vago se había ido a la calle a hacer recados personales, decía que tenía que ir urgentemente al banco. Actitudes así eran las que marcaban la diferencia en una oficina, ahí era donde se veía quién se tomaba en serio su trabajo y quién no. Gordon pensó en hacérselo notar a Miss Ellis para que tomara nota pero eso habría dejado en mal lugar a Peláez y Gordon era ante todo un buen compañero.

—Bueno, Miss Ellis. Vamos a estar un tiempo sin vernos.

—Espero que lo pase muy bien, señor Gordon.

—No, no, por favor. Llámeme sólo Gordon. Usted es para mí diferente a otros compañeros, como ya es obvio, y no quiero que mi situación en la empresa le imponga. Tráteme como a un igual. Entre nosotros hay que ir eliminando todas esas barreras. ¿No le parece?

—Es usted muy amable —se mostraba un poco azorada.

—Miss Ellis, quería decirle algo. Yo también voy a echarla de menos pero sólo me voy por una semana. Debemos ser pacientes y no tratar de correr más de la cuenta. Al fin y al cabo ambos somos jóvenes. ¿Verdad?

Miss Ellis puso un mohín muy gracioso mientras Gordon hablaba. Éste esperó que ella contestara, pero como no lo hacía, sino que continuaba con ese gesto tan peculiar, continuó hablando.

—Miss Ellis, es evidente que hemos conectado de forma especial, pero tenemos que esperar a que yo vuelva de vacaciones para hablar con mayor tranquilidad —ella continuaba en silencio—. La veo un poco desorientada. No se preocupe. Debido a mi mayor experiencia déjeme que sea yo quien lleve las riendas del asunto. Hay que hacer las cosas como le digo.

Su bella compañera parecía turbada y Gordon, con su perspicacia habitual, adivinó rápidamente porqué.

—Ya sé en que está pensando, Marta. ¿Puedo llamarla así? —Miss Ellis afirmó lentamente con la cabeza, manteniendo un gesto de incredulidad expectante—. Está pensando que me voy una semana a la playa, que soy un hombre soltero y atractivo y que resultaré irresistible en la paradisíaca isla a la que voy, rebosante de bellezas en busca de hombres que las hagan sentirse auténticas mujeres. Es cierto, Marta. Sobre eso no nos podemos engañar, pero igual de cierto es que llevo muy alto y con orgullo el pabellón de mi integridad. Sabré guardarle fidelidad igual que sé que usted me estará esperando.

—Pero...

—No, Marta, no. Hágame caso —contuvo su juvenil impaciencia con un gesto imperioso—. No hay más que hablar por el momento. Sé que cuando se es joven la sangre se calienta y se turba el entendimiento. A mí también me ocurre. Pero piense que aquello que se hace esperar se disfruta más profundamente. Sepamos esperar, pues.

Marta por fin comprendió y no añadió nada más. Gordon se retiró caballerosamente a su mesa y en esos momentos volvió Peláez de lo que quisiera que estuviese haciendo en la calle o en algún bar. Mientras Peláez volvía a torturar a Marta, Gordon, en un alarde de profesionalidad, dedicó casi una hora seguida a ordenar reclamaciones de su proyecto. Poco después de que volviera podría empezar a redactar el informe con las conclusiones.

A la hora de comer guardó todos los papeles en su armario, cerró con llave y se despidió de sus compañeros de despacho.

—Peláez, trátame bien a la señorita Ellis esta semana o verás lo que te espera —Peláez lo despidió con la cabeza sin decir nada. Tan sólo esbozaba una sonrisa enigmática.

—Miss Ellis, piense en lo que le he dicho y confíe en mí —sonrió para infundirle las fuerzas que necesitaría para soportar su ausencia—. Nos vemos en una semana.

Al salir del despacho se sentía ufano y miró con aire de superioridad a todos los jovencitos que encontró en el edificio de la empresa mientras se encaminaba a la salida. Parecían hechos todos con el mismo molde, vestidos con el mismo traje y con el mismo corte de pelo. Gordon destacaba claramente entre ellos y además era el elegido de la bellísima Marta Ellis, por la que seguro que alguno de aquellos imberbes estaría ya bebiendo los vientos.

En casa tuvo problemas para acabar de empaquetar todo lo que se quería llevar, a pesar de que ya tenía las maletas, bolsas y el baúl prácticamente cerrados. Cuando acabó, llamó a un taxi para que lo llevara hasta el aeropuerto y mientras éste llegaba fue bajando las cosas a la calle. En el portal se encontró con una de sus queridas vecinas.

—¡Señor Gordon, qué sorpresa! ¿Se muda usted? —la cacatúa le dedicaba una amplia sonrisa de felicidad.

—No, no me mudo. Me voy a disfrutar de unas vacaciones en la playa. A la isla de Mallorca, concretamente. Voy a un hotel de ésos que sin duda usted conocerá muy bien. No sé si tiene cinco o seis estrellas.

Ella hizo una mueca de desagrado.

—Bueno, pues que lo disfrute. Por cierto, ¿oyó el jaleo de anoche?

Gordon se detuvo, interesado por una vez en lo que decía una de las viejas cotorras.

—No. Tengo el sueño muy pesado. ¿Qué pasó?

—Por lo visto unos chicos del portal de al lado hicieron una fiesta aprovechando que no estaban sus padres y armaron una buena. Empezaron a tirar botellas a la calle y a una señora le saltaron cristales y se cortó en la pierna —se señaló un varicoso miembro inferior, como si dudara de que Gordon supiera lo que era una pierna—. Llamaron a la policía y en un minuto aparecieron y se los llevaron a todos. Creo que a la policía también le tiraron botellas. Debían de estar borrachos.

—O drogados —dijo Gordon.

—Sí, eso, o drogados, porque la policía creo que andaba en busca de droga o eso me pareció oír a mí. Con el follón que se montó no podía dormirme y bajé a la calle a ver qué pasaba. A los chicos los registraron de arriba abajo y en su casa estuvieron también un buen rato registrando. Al final creo que todo fue una falsa alarma y que han vuelto a casa después de pasar la noche en el calabozo, eso sí. Hasta les han retirado la denuncia porque la señora que se cortó era amiga de sus padres y la fiesta la debían de estar haciendo muy calmadita porque nadie había oído nada. ¿Usted oyó algo?

—No, ya le he dicho que tengo el sueño muy pesado.

—Es cierto, es cierto. El caso es que creo que no les va a pasar nada pero el disgusto que se han llevado sus padres ha sido morrocotudo, claro. Es un poco extraño que se comportaran así. Debieron de ser algunas malas amistades porque son unos chicos muy majos. Seguro que usted también los conoce. El mayor estudió en el mismo colegio que uno de mis chicos y me ha dicho su madre...

En ese momento el taxi hizo su aparición providencialmente y libró a Gordon de ir a la cárcel por estrangulamiento de vecina insoportable. El taxista se quejó de la cantidad de bultos pero los cargó todos entre el maletero, el interior y el techo del coche y salieron disparados hacia el aeropuerto.

Acababa de comenzar la mayor aventura de su vida.

Gordon hacía años que no subía en un taxi y estuvo mirando todo con curiosidad hasta que reparó en el taxímetro.

—¡Oiga! ¿Eso de ahí es el dinero que va a cobrarme o la evolución del déficit del estado?

—Muy gracioso —gruñó el taxista muy serio.

Gordon supo entonces porqué hacía tanto tiempo que no tomaba un taxi pero decidió no decir nada más. Había estado ahorrando durante años sin disfrutar de unas vacaciones como éstas en las que no iba a escatimar gastos y por eso se contuvo, aunque no pudo evitar ir el resto del viaje con la mirada clavada en aquel artefacto diabólico. Si el viaje llega a durar un poco más habría tenido que decirle al taxista que lo llevara de vuelta a casa, que se había gastado ya el presupuesto del viaje.

Cuando llegaron al aeropuerto, el taxista le indicó una tarifa que era casi el doble de la que marcaba el taxímetro, aduciendo suplementos de bultos, aeropuerto y alevosía. Gordon pagó religiosamente mientras lamentaba no tener a mano un mechero para poder prenderle fuego a aquel coche. Lo único que pudo hacer para imponer un poco de justicia fue pegar en la tapicería el chicle que estaba comiendo y tratar de arrancar la placa con el número de licencia, si bien esto último no lo consiguió.

En el exterior del aeropuerto había unos carritos más grandes que los del supermercado pero sin paredes laterales, con lo que le resultaba muy difícil mantener el equilibrio de su pirámide de bultos. Era la primera vez que estaba en el aeropuerto y la primera vez que iba a montar en un avión pero nada de esto lo inquietaba. Estaba acostumbrado a enfrentarse estoicamente a todos los peligros de la vida cotidiana.

El aeropuerto era enorme y tras deambular un rato tuvo que preguntar para saber a dónde tenía que dirigirse. Una vez que llegó al mostrador adecuado tuvo que ponerse el último de una larga cola.

Después de esperar casi media hora, en la que se entretuvo observando divertido a la gente tan extraña que se ve en los aeropuertos, un revuelo empezó a oírse en el principio de la fila. Nadie anunció que ocurriera nada, con lo que decidió seguir esperando hasta que le llegara el turno. Tardó una hora en alcanzar el mostrador, pero había llegado al aeropuerto con más de dos horas de antelación y seguía con tiempo de sobra. Cuando lo atendieron, comprobó decepcionado que era un chico bastante vulgar el que atendía a los pasajeros en vez de una belleza como las que había visto en las películas.

—Buenas tardes —dijo el empleado.

—Buenas tardes —respondió Gordon entregándole su billete. El empleado lo observó durante un rato como si en él pudiera estar escrita la clave de algún complicado misterio milenario, después de lo cual se lo devolvió y, mirando a la pantalla, le dijo:

—Señor, su vuelo tiene *overbooking* con lo que no puedo darle de momento su número de asiento. Vamos a hacer una cosa. Le voy a dar una tarjeta de embarque de *overbooking*, sin asiento asignado, y a la vez le apunto en una lista de espera y va a la puerta de embarque a ver si tiene suerte y puede viajar.

Gordon abrió los ojos como platos y agitó los brazos mientras hablaba.

—¡¿Cómo?! ¿Me está diciendo que igual no viajo? Pero si compré este billete hace meses y me confirmaron la reserva. Yo no he cancelado nada. No puede ser que le hayan dado mi plaza a otra persona.

El empleado ponía cara de paciente aburrimiento mientras Gordon hablaba. Al final ni siquiera lo estaba mirando. Cuando le respondió parecía bastante harto.

—Ya, ya lo sé. ¿Qué quiere que le diga? Todo el mundo me cuenta lo mismo. El *overbooking* es legal y si existe es por culpa de que el partido en el poder lo permite. Si usted los ha votado también es responsable de esta situación, y si ha votado a otro partido siga así y rece un par de avemarías a ver si esto mejora algún día.

—Bueno, bueno, tranquilicémonos —Gordon tragó con saliva el furor asesino que bullía en sus entrañas, consciente de que necesitaba con vida a aquel empleado para arreglar la situación, bruscamente desfavorable—. Dígame si hay alguna manera de solucionar esto.

—Mire, si le digo la verdad, no le va a servir de nada ir a la puerta de embarque porque hay unas cien personas en su situación y usted es de las últimas que ha llegado. Le aconsejo que vaya directamente al mostrador de reclamaciones y hable allí con alguien. También puede ir a nuestra oficina de ventas a que le devuelvan el dinero, en caso de que decida desistir.

Aquello era bastante chocante, increíble incluso, pero estaba a merced de lo que le dijeran o quisieran hacer con él, por lo que no siguió protestando.

—Por cierto —dijo el empleado mientras Gordon se iba cabizbajo—, el vuelo lleva cuatro horas de retraso.

Si nuestro querido héroe no hubiera sido un compendio de virtudes, entre las cuales se encontraban la decisión y la paciencia, hubiera caído ya en la desesperación en vista de las dificultades que el destino le imponía. Sin embargo, sintiendo que le tocaba representar el papel de Hércules, se aprestó a enfrentarse y a superar cuantas pruebas hiciera falta.

Tras unos minutos de búsqueda alcanzó el mostrador de reclamaciones. Ante él se apiñaban decenas de personas con tarjetas de embarque de *overbooking* en la mano, esgrimiéndolas airadamente. Tras el mostrador había, por fin, un par de jovencitas de muy buen ver que trataban infructuosamente de mantener la calma. Los aspirantes a pasajeros hablaban o gritaban todos a la vez, y aunque las señoritas se ponían rojas del esfuerzo no se las oía nada. No había ningún tipo de orden ni concierto. Parecía la puerta de unos grandes almacenes justo antes de abrir en el primer día de rebajas pero con todo el mundo gritando a la vez en ambos lados. A Gordon le hizo cierta gracia la situación, a pesar de lo que implicaba, y sintió un impulso irrefrenable de unirse a aquella horda y gritarles a la cara a las atractivas empleadas de la compañía aérea. Dejó a la vista su carrito y se lanzó de lleno contra el grupo de reclamantes. Su corpulencia permitió que con el primer impacto se situara casi en primera línea. Era muy excitante, un punto enloquecedor, y comenzó a chillar al igual que hacían todas las personas que lo rodeaban.

—¡Aaaaaaaaaaaah! ¡Aaaaaaaaaaaaaaaah!

La verdad es que el resto de personas trataba de decir algo con sentido, pero como el resultado era el mismo no se molestó en gritar nada coherente.

Era muy agradable estar por una vez al otro lado de un mostrador de reclamaciones, comportándose como un incivilizado pedigüeño. Al mismo tiempo se estaba desahogando del trato recibido en el taxi y en el mostrador de facturación. Aquello continuó durante un buen rato y una de las chicas se puso a llorar, pero el grupo era cada vez más numeroso y rugía con más fuerza. Gordon consiguió una posición privilegiada en primera fila y era el que más gritaba. Sin darse cuenta se convirtió en el líder natural de aquella chusma. No podía ser de otra manera porque era el único ser civilizado del entorno y sus innatas dotes de liderazgo no podían sino salir a relucir en semejantes circunstancias.

En medio de aquel follón Gordon pudo sacar algunas cosas en claro: Había bastante gente de su vuelo pero la mayoría era de otros vuelos, muchos de ellos de vuelos que habían salido hacía ya bastante tiempo e intentaban que los colocaran en cualquier otro. También pudo discernir que había gente que llevaba más de veinticuatro horas en el aeropuerto, por lo que se entendía su desesperación. Gordon no quería estar tanto tiempo esperando y, dado que parecía contar con el apoyo de todas aquellas personas, empezó a plantearse una acción más activa. En ese momento un jovenzuelo empleado de la compañía, con cara de tener la situación controlada, hizo su aparición tras el mostrador y comenzó a exhortarles, altavoz en mano, que se echaran para atrás y mantuvieran la calma, que había un problema con los ordenadores y que tan pronto se arreglara darían con una solución al gusto de todos.

Las últimas palabras enardecieron aún más a todo el mundo y aquello era ya una magnífica marabunta. Gordon resolvió que ése era el momento perfecto para pasar a la acción y dar a sus seguidores lo que realmente querían. Agarró por la solapa al empleado y comenzó a gritar con más fuerza que antes.

—¡Banzai! ¡¡Baaaanzaaaai!!

Ya fuera porque aquella pobre gente tenía antecedentes kamikazes o por alguna otra primitiva razón, el caso es que su iniciativa surtió efecto y se produjo una avalancha que derribó el mostrador. Las empleadas gritaron histéricas, esta vez sí se las oyó, y desaparecieron corriendo por una puerta lateral. Gordon arrebató al empleado el altavoz y con la otra mano lo mantuvo sujeto por la solapa evitando que huyera también por la puerta lateral. Trató de dar un doble uso al altavoz golpeando al joven con él a la vez que lo utilizaba para exaltar aún más a la multitud, poco necesitada de animación pues ya estaba saltando sobre el mostrador derribado y destruyendo cuanto encontraba en el interior de la oficina.

—¡Al ataque! ¡Al ataque! —el altavoz era un magnífico instrumento para instar a sus tropas a avanzar.

Aquello era el paroxismo.

El jovenzuelo se le había escapado y había huido por la puerta no sin antes recibir unos cuantos porrazos de un grupo de ancianas fuera de sí. La escena era sobrecogedora: El temible Gordon estaba subido a los restos del mostrador con el altavoz en una mano y señalando al frente enemigo con la otra. En ese momento se distinguió entre el estruendo un pitido agudo. Desde lo lejos un grupo de antidisturbios de la policía se acercaba corriendo. Con su habitual capacidad de reacción, entregó el altavoz a un hombre que en ese momento pasaba a su lado, diciéndole que se hiciera él cargo de conducir a la gente. El hombre le dirigió una lacrimosa mirada de agradecimiento y, sustituyéndolo en lo alto del mostrador tumbado, se puso a ello con bastante eficacia, todo hay que decirlo. Gordon se echó al suelo y anduvo a cuatro patas hasta que llegó a su carrito. Lo empujó hasta la puerta de un baño cercano y se metió dentro junto con él. En el momento en que cerraba la puerta se empezaban a oír los impactos de los primeros porrazos.

Al entrar atrancó el picaporte de la puerta con el carrito, e hizo bien porque unos segundos después alguien trató vigorosamente de entrar.

—¡Abra! ¡Por favor, abra!

Gordon afianzó el bloqueo del picaporte y acto seguido se oyó un porrazo y un grito. Un policía se llevaba a aquella persona.

—¿Querías escaparte, miserable? Te va a caer una buena después de la que has montado con el altavoz —por lo visto el que había intentado entrar en el baño era su sustituto al frente de la rebelión.

Esperó un par de minutos y abrió un poco la puerta. Por la rendija pudo ver a lo lejos a la policía llevándose detenidos a un montón de sus antiguos compañeros de lucha. En las cercanías del antiguo mostrador de la compañía aérea no quedaba nadie. Era el líder de una revolución aplastada pero había resultado beneficiado. Entre las personas que se iban con la policía, muchos de ellos renqueando debido a las contusiones, había un buen número de rivales en la lucha por un asiento de su vuelo. Se le escapó una sonrisa maliciosa, si es que eso era posible en nuestro bondadoso y bienamado personaje, y volvió a cerrar la puerta.

Diez minutos después salió silbando del baño. Nadie parecía reparar en él y el aeropuerto mostraba su actividad normal. Nada reflejaba la revuelta que heroicamente había presidido. El mostrador de reclamaciones, eso sí, ya no estaba y los empleados que habían tratado de atenderlos habían desaparecido. Después de un rato de deambular reflexivo, rediseñó su estrategia y se dirigió a la oficina de ventas de su compañía aérea.

Al llegar se sobresaltó un poco porque las chicas que estaban atendiendo llevaban el mismo uniforme que las que habían estado en el mostrador de reclamaciones, pero enseguida se dio cuenta de que no eran las mismas. Ésas probablemente estarían camino de un psiquiátrico.

Apenas había gente y lo atendieron enseguida.

—Buenas tardes. ¿Qué desea?

—Buenas tardes. Me han dado una tarjeta de *overbooking* y me han dicho que vaya al mostrador de reclamaciones pero he ido y no hay nadie. Me gustaría estar esta noche en mi destino —les dijo mientras extendía su billete.

—Aquí podemos devolverle el importe del billete, si quiere.

—No, no quiero el importe del billete. Lo que quiero es volar.

—Bueno, déjeme ver —la empleada cogió su billete e hizo algunas comprobaciones en el ordenador.

—Está bastante complicado —dijo meneando la cabeza—. Hay un *overbooking* brutal y tiene más de setenta personas delante de usted. Podemos intentar meterlo en otro vuelo.

La empleada parecía un robot porque no mostraba la más mínima emoción al hablar, a pesar de estar diciendo a un ilusionado veraneante que se iba a quedar sin vacaciones. Lo miraba a los ojos inexpresivamente, sin dejar de mascar chicle de un modo muy ostentoso, casi lascivo.

—¿Y cuando saldría ese otro vuelo? —preguntó Gordon.

—Mañana a la misma hora.

Gordon estaba pensando en las implicaciones cuando la señorita continuó hablando.

—Pero he de decirle que también hay *overbooking*. Y en el del domingo... veamos... también, claro. Podría viajar el lunes aunque lo más probable es que

tenga que esperar al martes porque el del lunes se lle-
nará con la gente que sobre del fin de semana. ¿No le
vendría mejor irse en tren y después coger un barco?
Podemos devolverle el importe del billete y con eso se
pagaría parte del trayecto.

Gordon respiró hondo y consiguió mantener la
calma. Además, recordó que muchos de los pasajeros
que estaban delante de él en la lista de espera de su
vuelo habían sido detenidos por la policía.

—No, no, no. No pienso cambiar de vuelo. ¿Cuándo sale mi vuelo y dónde tengo que ir?

—Bueno, en teoría su vuelo lleva cinco horas de
retraso por lo que saldría a las once de la noche. En
teoría, claro, porque habrá que ver si sale. El avión
que tiene que llevarlos todavía no ha salido de su base
por lo que es un vuelo sin confirmar. Mientras no
salga iremos aumentando el retraso y al final igual hay
que cancelarlo. ¿Quiere saber qué probabilidades hay
de que salga?

—Sí —casi no se oyó a sí mismo al responder.

—¿Es usted jugador? ¿Le gusta apostar? —por primera vez en toda la conversación la señorita le sonreía.

—No, no soy jugador, no tengo ningún vicio
—balbuceó Gordon, perdido ya casi todo su aplomo.

—Bueno, no se ponga así, que me ha caído usted
bien —abrió la puerta que había justo detrás de ella—.
¡Miki! ¿Cómo van las apuestas del EL701?

A través de la puerta abierta Gordon pudo ver a
un hombre de unos cincuenta años vestido con un
mono gris, alto y muy delgado, con una expresión
risueña que parecía deberse a lo divertida que le resul-

taba su ocupación. Enfrente de él tenía varias pizarras con tablas dibujadas y números escritos con tiza en las cuadrículas de las tablas.

—Vamos a ver... Está muy bien, tres a uno a que vuela. ¿Quiere apostar? —el tal Miki le sonreía desde su cuartucho de apuestas.

Gordon trató de hacerse rápidamente cargo de la situación, aunque aquello lo superaba, y se dirigió directamente a aquel hombre.

—No, no quiero apostar, pero ¿podría decirme las probabilidades de que viaje en ese vuelo una persona que está situada en el número setenta de la lista de espera?

—¡Uy, eso está más jodido! Déjeme ver —aquel hombre carecía de modales aunque sin duda estaba instruido. Se manejaba de maravilla entre los numerajos de aquellas tablas, haciendo rápidas anotaciones y comprobaciones mientras brincaba como un volatinero de circo—. Aquí lo tengo. Las apuestas, que suelen coincidir bastante con las probabilidades, se lo digo yo, estarían treinta a uno. A eso tiene que combinarle la probabilidad de que el vuelo salga, claro. En total noventa a uno. ¿Quiere apostar?

Gordon quedó pensativo unos instantes.

—¿Y si estuviera el número... digamos cinco?

Miki le dedicó una sonrisa desdentada.

—¡Eso está mucho mejor, señor! Los cinco primeros casi siempre entran. Para el número cinco las apuestas son cinco a tres si el vuelo sale. Quince a tres si unimos las dos opciones ¿Qué combinación prefiere?

—¡Ninguna, no quiero apostar! —Gordon se sentía repentinamente enérgico y con las esperanzas renovadas—. Señorita, ¿a donde tengo que ir para coger el avión?

—A la puerta B17, en principio, pero primero debería facturar el equipaje y con una tarjeta de *overbooking* no se lo van a permitir. Pruebe a ir con él hasta la puerta de embarque y si consigue embarcar que se lo envíen a bodega. No es el procedimiento habitual, pero hoy en día ya me dirá usted para qué están los procedimientos.

Gordon prefirió no intentar responder y se fue directamente en busca de la puerta B17. El hombre de las apuestas lo despedía con la mano.

—A ver si la próxima vez se anima usted a apostar.

Tardó bastante en llegar a la puerta de embarque porque el aeropuerto era enorme y porque al cruzar el control de seguridad tuvo que abandonar el carrito y se encontró con la desagradable sorpresa de que al otro lado no había carritos. El trayecto desde el control hasta su puerta de embarque lo hizo empujando el equipaje, lo que resultó bastante penoso.

En la puerta de embarque había gente con tarjetas como la suya, pero mucha menos que en el mostrador de reclamaciones. Cuando se acercó y preguntó a las señoritas que atendían le dijeron que estaba en lista de espera y que había cuarenta y seis personas delante de él. Improvisó un asiento con sus bultos, ya que no había asientos libres en la sala, y se sentó a esperar.

A las once de la noche confirmaron el vuelo y dijeron que saldrían en una hora. A las doce dijeron que en media hora saldrían y que podían empezar a pasar a la sala de embarque. Gordon se quedó mirando y vio que la sala de embarque era una especie de redil de donde ya no se podía salir y en donde sólo entraban aquellos pasajeros que tenían plaza confirmada y asiento asignado. Al cabo de un rato ya nadie más entraba en aquella salita y varias personas con tarjetas como la suya se acercaron al mostrador. Él se levantó de su trono de equipaje y también se fue a preguntar.

—Señorita, ¿me puede decir si todavía hay gente delante de mí en la lista de espera? —preguntó cuando consiguió que lo atendieran.

—Déjeme comprobar... —tecleó rápidamente en su terminal de ordenador—. Sí, todavía hay mucha gente delante de usted pero no sé que ha pasado que la mayoría no ha aparecido. Pero sí que hay... seis que están aquí esperando y que están delante. Y también... Sí, está el señor Austin, que tiene plaza confirmada porque ha facturado pero que todavía no se ha puesto en contacto con nosotros —esbozó una rápida y falsa expresión de lástima—. Me temo que no va a poder volar. Por cierto, ¿es suyo todo ese equipaje? —preguntó señalando al formidable equipaje de Gordon con expresión de asombro.

—Sí. ¿Qué ocurre con él?

—Oiga, eso es una barbaridad. Puede llevar un par de bultos de mano y en bodega pueden ir treinta kilos por pasajero como máximo. El resto no podría usted embarcarlo en ningún caso.

Gordon, con la resolución brillando en su mirada de acero, se alejó de la puerta maquinando cómo resolver venturosamente tan adversa situación.

Los elementos se aliaban contra sus anheladas vacaciones.

Tras un rato de reflexión subido a su equipaje, se bajó de él y lo fue arrastrando por partes hasta el cuarto de baño más cercano. Una vez dentro empezó a desembalar y a deshacer unos cuantos bultos y, tras una cuidadosa selección, hizo un hatillo con una manta de picnic que llevaba y metió en ella el contenido de dos maletones; después se embutió un buen número de jerséis y un chaleco de supervivencia, con numerosos bolsillos que llenó hasta el punto de que algunos se descosieron, y se colocó por encima un enorme impermeable de plástico rojo; se puso también el flotador desinflado debajo de los jerséis y varios bañadores debajo de un par de bermudas anchas; se colocó en la espalda una enorme mochila de acampada llena hasta reventar y, por último, se ajustó tres gorras y una visera. Cuando salió del baño sólo llevaba el baúl y una maleta, además del hatillo y la mochila. Antes de salir se echó un vistazo en el espejo y se dio cuenta de que parecía una especie de Papa Noel moderno con el impermeable rojo, el volumen desmesurado y el saco—hatillo gigante.

Cuando regresaba a la puerta de embarque, sudando a chorros, una voz crepitante lo detuvo.

—Por favor, ¿podría decirme donde está la puerta de embarque del vuelo EL701?

Gordon lo observó atentamente. El hombre aparentaba tener alrededor de noventa años y llevaba unas gafas de tal grosor que no se le veían los ojos. Blandía ante él una tarjeta de embarque en una mano temblorosa y en la cara mostraba una mezcla de temor por su situación y confianza en Gordon, a quien sin duda había tomado por un empleado de la compañía aérea o del aeropuerto, pues con el impermeable rojo lo parecía, sobre todo teniendo en cuenta los cientos de dioptrías que tenía aquel hombrecillo arrugado.

—Me permite —dijo suavemente Gordon mientras le tomaba de la mano la tarjeta de embarque.

No pudo evitar que se le escapara una sonrisa. Aquel hombre era el señor Austin. Le había tocado la lotería.

—Vamos a ver, señor Austin. ¿Ha mirado en alguno de los monitores para ver qué es lo que pone? —habló pausadamente, usando un tono tranquilizador.

—Ay, joven. A mi edad ya no puedo distinguir esas letras tan pequeñas y tampoco entiendo lo que dicen por los altavoces. Pero me he aprendido de memoria mi número de vuelo para poder preguntar a los empleados del aeropuerto —al decir esto sonrió como un niño, satisfecho de sí mismo.

—Ha hecho usted muy bien, señor Austin. Efectivamente, yo soy un empleado del aeropuerto y voy a poder guiarle. ¿Ve esas letras grandes, las de la puerta de embarque?

—Hijo mío, ésas sí. Ésas son muy grandes. Pone B17, ¿verdad?

—Efectivamente. Bueno, pues tiene usted que seguir por este pasillo hasta el final. Está un poco lejos. Su puerta de embarque es la F71. ¿Ha comprendido?

El pobre hombre parecía otra vez un poco inquieto.

—Sí, la F71. ¿Está muy lejos? ¿Me dará tiempo a llegar?

—Sí, hombre, no se preocupe. Tardará usted un ratillo, pero para eso están las cintas deslizantes, para que no tengamos que cansarnos. Tiene usted que cogerlas todas, pero si aun así se cansa, no dude en parar a tomarse algo, que le veo muy apurado y todavía faltan más de dos horas para que salga su vuelo. Ya sabe que estos días en el aeropuerto estamos bastante liadillos con las huelgas, los retrasos y esas cosas.

—Ay, sí. Dígamelo usted a mí, que llevo dando vueltas por el aeropuerto casi todo el día.

En ese momento dieron por megafonía el último aviso para los pasajeros del vuelo EL701 con destino a Palma de Mallorca. Gordon mantuvo su expresión tranquilizadora a la vez que atendía a las reacciones del carcamal, por si fuera necesario tomar medidas más contundentes. Como el vejestorio no se dio cuenta de nada, pudo continuar con su papel de amable empleado.

—Bueno, pues coloco aquí su tarjeta de embarque, para que no se le pierda, y eche a andar —Gordon le metió en el bolsillo de la camisa su propia tarjeta de embarque y se guardó la del señor Austin—. ¡Hala! Y recuerde, la F71.

—Sí, sí, la F71. Muchas gracias, joven.

—De nada hombre, para eso estamos.

El decrépito abuelete se subió a una cinta deslizante y se alejó lentamente, aferrado al pasamanos. Gordon evitó sentirse culpable porque en ese momento lo que imperaba allí era la ley de la jungla. Por eso todo valía, igual que en el amor. Al pensar en el amor se acordó de Miss Ellis, de su querida Marta Ellis que a esas horas debía de estar soñando con él. Ese pensamiento le dio fuerzas para llegar hasta la puerta de embarque, chorreando sudor bajo las múltiples prendas que cubrían su corpachón.

La señorita lo miró como si hubiera visto una aparición. Afortunadamente era una empleada diferente a la que le había atendido anteriormente.

—Buenas noches. Soy el señor Austin —dijo a la vez que entregaba la tarjeta de embarque y contenía la respiración.

—Buenas noches señor Austin. Lo estábamos esperando —se quedó mirando su equipaje—. ¿Eso es suyo?

Él asintió con la cabeza.

—¿Por qué no lo ha facturado? —mientras hablaba lo miraba de arriba abajo, manteniendo una expresión alucinada.

—Cuando saqué la tarjeta de embarque no lo tenía. Me lo han enviado urgentemente a última hora. En taxi. Por eso llego tan tarde.

—Esto... —la señorita estaba absolutamente descolocada, no sabía qué hacer. Gordon se impacientaba y empezaba a encontrarse intensamente mal debajo de tanta capa de ropa.

En ese momento llamaron a un teléfono. La señorita lo cogió y habló unos segundos por él. Después parecía mucho más decidida.

—El comandante dice que no espera más. Pase rápidamente señor Austin que vamos a despegar. Yo me ocupo de que metan su equipaje en bodega, aunque le advierto que es... bastante excesivo. No le van a volver a dejar meterse en un avión con tanto equipaje.

Gordon entró en un túnel metálico que acababa en la puerta delantera del avión. Su cara mostraba una expresión de triunfo absoluto por debajo de los ríos de sudor que la surcaban. Había vencido todas las dificultades que se le habían presentado. Sólo había faltado tener que matar a alguien. Y probablemente lo hubiera hecho sin dudar, si hubiese sido necesario y justo, haciendo palidecer al mismísimo 007.

En el avión le indicaron un asiento enano junto a la ventanilla. Se encajó en él después de incrustar la mochila en un compartimento destinado al equipaje de mano. El hatillo no cupo ni a presión y lo tuvo que colocar encima de él. No pudo siquiera abrocharse el cinturón de seguridad porque entre su cuerpo y el asiento de delante no había ni un centímetro disponible. El único espacio libre que dejaba su corpulento cuerpo, recubierto por kilos y kilos de cálida ropa, estaba apretadamente ocupado por el enorme hatillo. Aunque no hubiera sido así tampoco hubiese podido abrochárselo porque con tanta ropa y el flotador el juego de los brazos no le daba para juntar las manos a la altura de la cintura. Cuando relajaba los brazos se le ponían casi perpendiculares al cuerpo y durante el viaje no pudo evitar dar algún que otro manotazo al niño que iba sentado a su izquierda.

El viaje no le dio ningún miedo y se le hizo bastante corto, sobre todo porque la mitad del tiempo fue semidesmayado debido al calor y a la presión, que no le permitían respirar adecuadamente. Las azafatas sirvieron un refrigerio pero a él no hicieron ni el amago de atenderlo. Sólo lo miraban preocupadas, como si temieran que de un momento a otro fuera a reventar.

El niño de su izquierda estuvo todo el tiempo vuelto hacia él, mirándole sin decir nada, sentado en un extremo de su asiento porque las partes rebosantes de Gordon ocupaban la otra mitad. Sólo en un momento del viaje se dio la vuelta y habló con alguien sentado en la fila de detrás.

—Mamá, mira. Este señor va a estallar.

La madre debió de decirle que se estuviera calladito porque el niño no dijo nada más en todo el vuelo.

Sin más complicaciones llegaron a su destino. Gordon estaba ya contemplando con agrado la idea de renunciar a la vida. Mientras el resto de pasajeros abandonaba el avión él permaneció inmóvil en su sitio, aplastado por el hatillo, deshidratado y medio asfixiado. Cuando el avión quedó vacío una azafata lo recorrió y lo vio todavía en su asiento.

—Señor... —le hablaba inclinada hacia él, con una mano adelantada pero detenida a mitad de camino, sin atreverse a tocarlo—. ¿No puede salir? ¿Se encuentra usted bien?

Haciendo un esfuerzo sobrehumano, Gordon consiguió hablar.

—Gire... Gíreme la cara.

La azafata lo entendió y agarrando su mojada cabeza con ambas manos consiguió ponérsela de lado. Gordon había hecho todo el viaje como había quedado encajado en un principio, con la cara aplastada de frente contra la manta del hatillo. Cuando por fin pudo respirar un poco de aire fresco, habló a la azafata como buenamente pudo.

—Socorro... Sáquenme de aquí.

La azafata lo contempló nerviosa durante unos instantes y salió corriendo en busca de ayuda. Gordon estaba avergonzado pero aquello se había convertido ya en una cuestión de vida o muerte y la supervivencia era lo primero. Media hora más allí y pasaría a formar parte del decorado del avión.

Con alguna risita de fondo, hizo su aparición toda la tripulación. Entre el comandante y otro hombre consiguieron arrancar el hatillo de su ubicación. Con el tirón se abrió y el contenido se desparramó por el suelo.

—¡Santo Dios! ¿Habéis visto todo lo que lleva aquí este hombre?

—¿Y de qué va vestido?

—A ver cómo lo desencajamos.

—Creo que lo mejor será tratar de reclinar lo máximo posible el respaldo y después tirar de sus brazos.

Uno de los hombres de la tripulación trató de reclinar el respaldo, pero para ello tenía que presionar un botón que estaba en el interior de su reposabrazos. No era tarea fácil acceder ahí.

—¡Es imposible! Está totalmente incrustado.

—Tiremos de sus brazos.

Agarraron de los brazos al pobre Gordon y tiraron de él con todas sus fuerzas. Él no podía hacer nada para ayudarlos porque no le quedaban casi fuerzas, apenas para quejarse por el daño que le estaban haciendo. No le hicieron caso y realizaron varios intentos más.

—Nada, no hay manera. Y en estas condiciones el reposabrazos no se puede mover. Va a haber que cortarlo.

—Sí, no parece que haya otra solución. Está a punto de asfixiarse.

—Dios mío, es que lleva puestos tres armarios de ropa, como si no bastara con su gordura natural.

—Vamos a tirar, a ver si lo doblamos.

A pesar de los temores de Gordon, no se referían a doblar su cuerpo sino el reposabrazos. Entre dos de ellos lo consiguieron al segundo intento, sin duda ayudados por la presión que Gordon ejercía de modo constante.

De lo siguiente Gordon apenas se acuerda. Les dio las gracias y le pareció que ellos tomaban nota de su nombre, señor Austin, por si había que pasar algún tipo de factura. Lo ayudaron a salir del avión y lo despidieron entre risas. Debía de parecerles cómica su apariencia, con su impermeable y todos sus jerséis, sus bañadores y bermudas, sus gorras y su visera. Era como una enorme bola de Navidad, arrastrando penosamente por el suelo la gran mochila y el hatillo reconstruido.

Recogió sus maletas y tomó un taxi que lo condujo hasta su hotel, el Sayonara. El conductor le cobró una barbaridad pero Gordon no tenía ya fuerzas ni ánimo para impartir justicia aquella noche. Le entregó el botín y, después de registrarse, subió por fin a su habitación y se quitó todo lo que llevaba encima. El suelo de la habitación quedó cubierto de ropa y se dejó caer sobre la cama vestido tan sólo con unos calzoncillos. Tuvo que levantarse otra vez e ir al baño al darse cuenta de que iba a morir de sed. Bebió varios litros de un agua tan asquerosa que parecía venenosa y se tiró otra vez sobre la cama quedando inmediatamente dormido. Ni siquiera se dio cuenta de que era la primera vez en la vida que se acostaba sin cenar.

Y es que los viajes son agotadores.

SÁBADO 12 DE JUNIO

Cuando despertó lo primero que hizo fue ponerse un bañador y una camiseta, calzarse unas sandalias y bajar corriendo al comedor del hotel para disfrutar del desayuno buffet, que estaba incluido en el precio.

En el comedor había mucha gente comiendo pero aquello no parecía el desayuno. Preguntó a un camarero que pasaba a su lado.

—Oiga. ¿Dónde están las cosas del desayuno?

El camarero le miró extrañado antes de responder.

—El desayuno es de siete a diez y media. Son las tres de la tarde. Ahora puede comer si lo desea.

—Pero creo que en mi reserva no está incluida la comida. Además, no entiendo ese horario de desayuno. ¿Quién va a desayunar a esas horas estando de vacaciones?

—No lo sé señor, pero mucha de la gente que se aloja en el hotel no está de vacaciones sino trabajando.

—Bueno, bueno. ¿Dónde puedo ver los precios de la comida que sirven aquí?

—En ese panel tiene usted expuesta la carta con los precios.

Los precios eran de estafa. A pesar de lo que le había dicho a su vecina, el hotel no era ni mucho menos de cinco estrellas por lo que no se entendían aquellos importes.

—Esto es un auténtico robo. Supongo que habrá descuento para los clientes del hotel.

—Me temo que no. El precio es el mismo para todo el mundo.

A Gordon aquello le parecía una injusticia y, como tal, había que solucionarla, pero estaba demasiado hambriento y agotado por el viaje del día anterior. Decidió que más tarde pediría el libro de reclamaciones y salió a la calle en busca de algún sitio en el que pudiera comer por un precio decente.

A la vuelta de la esquina encontró un restaurante chino que ofrecía unos precios razonables. Pidió para empezar varios platos de arroz diferentes. Por primera vez desde que había llegado a la isla se sintió a gusto, ya que le trajeron a la vez todo lo que pidió y pudo estar sin parar de comer durante la hora larga que pasó en el restaurante.

Cuando acabó seguía estando intensamente cansado por lo que volvió al hotel y se metió en la habitación; apartó a patadas la gruesa capa de ropa que se extendía por todas partes y se tiró en la cama.

Un minuto después ya estaba dormido.

A las ocho se despertó y bajó a la calle. A dos manzanas del hotel encontró un supermercado abierto y compró en él un montón de alimentos de calidad y varios litros de agua mineral. No volvería a quedarse sin desayunar en los próximos días ni tendría que volver a beber aquel agua tan desagradable.

Sacó la mitad del contenido del minibar para hacer hueco y metió un par de botellas de agua mineral, unos plátanos y dos kilos de mortadela, su embutido favorito. En el armario apiló el resto del agua, varias bolsas de pan de molde, mantequilla, unos botes de mermelada y algunas otras cosillas que había comprado. Acto seguido comió unos cuantos bocadillos y algo de fruta y colocó el equipaje. En el armario y en los cajones no cabía todo lo que había traído por lo que no vació el baúl e hizo una pequeña montaña de cosas al lado de la pared.

Cuando acabó eran ya más de las diez. Sonrió pensando que estaba en un sitio de playa y era sábado noche, recordando todas las películas que había visto en las que también se daba esa combinación, y se estremeció de gusto pensando en todo lo que le esperaba.

Estuvo más de una hora en el baño pero mereció la pena. Cuando salió era un hombre nuevo, lleno de energía, y la imagen que le devolvía el espejo era la de un triunfador, un *playboy*, un rompecorazones. Ensayó unos pasos de baile que había visto en una película de John Travolta. Estaba irresistible. Vestía unos pantalones de cuero negro que, si bien le venían un poco justos y no podía abrochar el botón, todavía le servían porque en su juventud ya era bastante corpulento. Llevaba también una camisa de aquella época, abierta hasta medio pecho, con un amplio cuello de charol blanco y bordados en las mangas. Ya no se hacía ropa tan elegante. Para rematar la faena se echó gomina y metió un peine en el bolsillo trasero del pantalón. Iba a enseñar a todos los mocosos del lugar como impresionar a una dama en una discoteca.

Antes de salir se comió otro par de bocadillos y metió un bote de mantequilla de cacahuete en un bolsito que llevaba atado en la cintura como si fuera un cinturón. Un invento muy útil que había descubierto haciendo las compras para el viaje.

En la recepción preguntó dónde estaba la zona de las discotecas. El recepcionista le echó una larga mirada de arriba abajo, sin duda impresionado por su elegancia, y le dijo que lo mejor sería que fuera al paseo marítimo y torciera a la derecha, que por allí había unas cuantas discotecas. También le preguntó si quería que llamara un taxi, pero Gordon respondió que le apetecía pasear.

La zona de discotecas estaba bastante lejos y tuvo que pararse por el camino en dos o tres bares para tomarse unas cervezas. El clima marítimo, húmedo y cálido, le hacía sudar más de lo habitual y necesitaba reponer líquidos. Hay que decir que nuestro paladín no estaba en absoluto acostumbrado al alcohol y que cuando llegó a la zona que le había indicado el recepcionista ya estaba un poco entonado. Tal vez porque las cervezas se las habían servido en cubos más que en vasos. Por otra parte aquello no estaba mal, ya que de lo que se trataba era de alegrarse un poco y prepararse para afrontar una larga noche de juerga.

Lo que Gordon nunca hubiera podido imaginar desde su candidez era que aquella iba a ser la noche más larga y accidentada de su vida.

El paseo marítimo estaba muy concurrido. Hombres y mujeres de todas las nacionalidades y cuya edad media era bastante reducida andaban por la calle, entraban y salían de tugurios cuyas fachadas estaban exageradamente iluminadas y se conducían en general con evidentes muestras de agitación juvenil y desbocada. Gordon se dejó contagiar por la excitación que flotaba en el ambiente y se introdujo entre la animada multitud.

Al pasar por delante de la primera discoteca su *sexappeal* ya hizo efecto y se le acercó una extranjera escultural, de cuerpo cincelado en el gimnasio y aún más alta que él, para preguntarle si quería que tomaran una copa juntos.

—Buenas noches. ¿Quieres entrar en Fun? Con la entrada tienes una copa y yo te invito a un chupito.

Gordon no dudó en aceptar. Su éxito con las mujeres era constante pero tampoco era cuestión de desaprovechar semejante oportunidad. Entró con ella en la discoteca, pagó la exagerada entrada preceptiva y se pidió una copa. Para sorpresa de Gordon, la extranjera escultural resultó ser empleada del local, a juzgar por la familiaridad con la que hablaba con el personal.

—¿Cómo se llama usted, señorita?

Ella le sonrió traviesa y respondió con un acento encantador.

—Me llamo Ingrid.

Acto seguido pidió que lo invitaran a un chupito de tequila, que resultó ser un pequeño vaso lleno de licor puro, y le dijo que con cada copa que se pidiera dijera que iba de su parte y lo invitarían a otro. Gordon quiso invitarla a ella pero se negó y desapareció de repente mientras Gordon engullía su tequila. La buscó un rato con la mirada pero no se la veía. Debía de estar muy ocupada, retenida en alguna tarea inaplazable. No le preocupó porque la discoteca estaba bastante animada, llena de mujeres de muy buen ver. También había jovenzuelos de aspecto variado pero todos ellos con pinta de delincuentes y de subnormales a la vez. Gordon lo tenía fácil.

Se paseó por el local mientras bebía la copa. Tenía bastante sed y le duró muy poco. Cuando se le terminó pensó en pedirse otra pero decidió ir a buscar a Ingrid para tomársela con ella.

Una vez en la calle, se fijó en un par de morenas con vestidos increíblemente ajustados que estaban de espaldas a él, justo enfrente de la discoteca de al lado. Tras recrearse con la vista trasera de sus estilizados cuerpos, se acercó a ellas lleno de decisión, un poco ayudado por las cervezas, el whisky y el tequila.

—Buenas noches señoritas.

Ellas se volvieron e inmediatamente le sonrieron a la par. En un momento él era el único centro de su atención. Su magnetismo era incuestionable.

—Hola. ¿Quiere tomarse una copa en el Heaven? Lo invitamos a un chupito de tequila por cada consumición.

No podía resistirse a semejante invitación. Entró con ellas en la discoteca, pensando que nunca había estado con dos mujeres a la vez. Seguramente sería muy interesante, sobre todo con aquellas esbeltas féminas. Mientras se felicitaba a sí mismo por haber adecentado la habitación del hotel antes de salir, se sintió alegre pensando que por una vez no estaba mal dejar salir al exterior su aspecto más ladino. Porque, aunque parezca imposible en semejante dechado de seriedad y dignidad, nuestro hombre también sabía divertirse. Decentemente, eso sí.

En esta discoteca ocurrió lo mismo que en la anterior. En cuanto se tomó el chupito las mujeres desaparecieron como por arte de magia. Tendría que aprender las que debían de ser las modernas leyes de la seducción y amarrar antes a sus presas. Esta vez, sin embargo, no se limitó a deambular por la discoteca sino que, copa en mano, se lanzó a la pista de baile. La música estaba a un volumen inhumano y ni siquiera era realmente música, pero con el alcohol que circulaba ya por sus venas a Gordon no le costó adaptarse a aquellos ritmos desconocidos para él. En cinco minutos era el amo de la pista y la gente había hecho un círculo a su alrededor. Moviendo pies, caderas y hombros ejecutó unos cuantos bailes que sin duda eran la admiración de todos aquellos niñatos y encendían el deseo de las jóvenes gacelas. En cuanto se pidió la tercera copa en aquel local, acompañada como las otras de su chupito de tequila, se le ocurrieron unas danzas pélvicas que todavía deben de recordarse en el lugar.

Como estaba empapado en sudor hasta los bordados de las mangas, decidió cambiar el baile por el ligue. Se acercó a dos hermosas jóvenes.

—Buenas noches, señoritas. ¿Hace mucho que han llegado al local? —la verdad sea dicha, de su embotado ingenio no salió nada más original.

Ellas lo miraban pero parecía que no lo oían, cosa nada extraña ya que estaban pegados a un altavoz de más de dos metros de altura.

—¡Que si han llegado hace mucho! ¡Lo digo porque entonces me habrán visto bailar! —gritó todo lo que pudo pero no había manera de hacerse oír. Ellas reían sin decir nada.

Decidió que mejor se iba a la calle a buscar a Ingrid o a las otras dos chicas que lo habían invitado a los chupitos. O a cualquier otra, porque la calle parecía estar llena de chicas bien dispuestas y Gordon era el hombre ideal para que cayeran en sus redes. Además, empezaba a sentir un calor agobiante en aquella discoteca.

Al intentar salir, un joven enorme con cara de simio le cortó el paso.

—No puede salir con la copa —le espetó.

Gordon se dio cuenta entonces de que todavía llevaba en la mano el último whisky que se había pedido. Miró a su copa, miró al joven con cara de simio y, sin decir palabra, se bebió de un trago todo el contenido, más de medio vaso. En la entrada de la discoteca había formada una cola de gente y varias personas le aplaudieron.

—¡Machote!

—¡Tío duro!

Gordon los había impresionado involuntariamente, así era nuestro gran hombre, y ahora les dedicó un saludo y lanzó un beso a las chicas. Eso las enardeció.

—¡Tío bueno!

—¡Cásate conmigo!

Había muy buen ambiente y todos rieron las ocurrencias. A Gordon se le desbordaban una vez más el atractivo y la gracia. En busca de nuevas experiencias subió las escaleras de la entrada y salió otra vez al aire fresco de la calle. Una vez allí, olvidó buscar a sus amigas y se dirigió directamente a la siguiente discoteca.

Se repitió la misma escena.

—Buenas noches preciosas.

—Hola. ¿Quieres tomarte algo en el Heat? Tenemos el mejor ambiente de la noche y con la entrada tienes una consumición. Además, si vas conmigo tienes un chupito con cada copa.

¡Qué empeño en invitarlo a chupitos! Era curioso el efecto que producía en aquellas mujeres. Todas reaccionaban igual. Sonrió con la mirada un poco perdida y no dijo nada, sólo se limito a asentir y a seguir a la joven que se había ligado. Fue detrás de ella observando su bamboleo de caderas.

Estaba mareado.

Tomó asiento en una de las butacas de la barra mientras la camarera le servía un whisky y un chupito de una mezcla extraña. En esta ocasión no era tequila. Apoyándose con un codo en la barra, despidió con la mano a la joven que lo había invitado mientras ésta se marchaba. Después de observar el panorama durante un tambaleante rato, se bebió de un trago el chupito y de otro trago el whisky. Avanzó pesadamente hasta la pista de baile y se acercó a cuatro distinguidas damiselas, poseedoras de unos cuerpos que Afrodita hubiera deseado para sí. Se movían como si estuvieran en medio de una orgía, restregándose las manos por todo el cuerpo. Sin duda lo habían sentido cerca. Gordon se acercó con los brazos en alto, tratando de imitar su danza, y se introdujo en medio del grupo. Ellas se apartaron un poco para hacerle sitio y siguieron bailando. Gordon observó que en otros grupos la gente bailaba casi tocándose, restregándose unos contra otros. Estas chicas debían de estar esperando que él hiciera lo mismo. Así pues, se acercó a la más atractiva de las cuatro y empezó a ejecutar un irresistible baile en el que sus cuerpos casi se fundían. Ella reculó un poco y siguió bailando. Era muy traviesa. Él la siguió y volvió a pegarse tanto que su tripa chocaba con aquel cuerpo escultural, sintiendo en la carne blanda la firmeza de sus curvas. Volvió a separarse de él y se puso a hablar con sus amigas. Las cuatro salieron de la pista de baile seguidas de cerca por Gordon. Debían de llevarlo a algún lugar más apartado en el que poder satisfacer sus apetitos carnales. Gracias al alcohol ya no le preocupaba tener que satisfacer a un número de mujeres indeterminado. Tenía la poderosa sensación de que si eran tan atractivas como aquéllas no tendría problema en acostarse con todas las mujeres de todas las discotecas de la isla esa misma noche.

Las mujercitas se pararon al otro lado de la pista de baile y comenzaron de nuevo a bailar. Por lo visto querían seguir jugando un rato más.

No se habían percatado de que él llegaba por detrás, pues cuando agarró por el talle a una de ellas, la chica chilló de tal manera que casi lo deja sordo. Dándose la vuelta lo miró con una expresión indescriptible. Gordon sonrió para tranquilizarla y que se diera cuenta de que era él y trató de besarla.

Pensó que ya había llegado el momento de pasar a palabras mayores.

Sería difícil precisar con exactitud qué sucedió, pero de repente se encontraba en el suelo de la discoteca con la cara ardiéndole. Por lo que pudo deducir, la muy ramera le había dado un bofetón tremendo. Seguramente aquellas niñatas, a pesar de desear a Gordon, eran unas mojigatas. Tal vez debería haber actuado con un poco más de tacto pero éstas eran sus vacaciones salvajes y no iba a seguir perdiendo el tiempo con estrechas. Se levantó del suelo y anduvo de nuevo hasta la barra.

El siguiente whisky lo bebió despacio mientras trataba de reflexionar cuáles debían ser sus siguientes pasos. Después de unos minutos, pidió otro whisky y le preguntó a la camarera, que también estaba de quitar el hipo, que si quería irse con él a otro lugar.

—No puedo, gracias, tengo que estar aquí hasta las siete de la mañana y después ya estoy hecha polvo y me voy a dormir.

Gordon cabeceó unos segundos con los ojos en blanco. Después se repuso y siguió preguntando.

—¿Cuál es el mejor sitio para ir ahora?

—A partir de las cinco todo el mundo va para Glamour. Cierran a las nueve y está muy bien.

Gordon volvió a cabecear, medio ido.

—¿Quieres ir a dormir a mi hotel?

Ella esbozó una sonrisa forzada y le dio unas palmaditas en el hombro.

—No gracias. Y mejor deberías irte tú a dormir ya —dicho lo cual lo dejó solo.

Mientras la camarera se alejaba Gordon le dirigía unas últimas palabras, si bien con una pronunciación ininteligible.

—Tú te lo pierdes... ¡Zorra!

Ella no lo oyó y él bebió el whisky de dos tragos y fue hacia la salida. Antes de salir le entraron unas ganas tremendas de ir al baño y se dirigió para allá dando tumbos. En el baño había cola pero se la saltó. Un niñato lo agarró de la manga.

—¡Eh, que hay cola!

Gordon le miró con los ojos semicerrados y le habló lentamente, arrastrando las palabras, con una voz que era como un cuchillo de hielo.

—Como vuelvas a tocarme te despedazo, drogadicto asqueroso de mierda.

Entró en el baño sin que nadie más lo molestara, si bien se oían murmullos detrás de él, y se alivió durante dos largos minutos. Se miró al espejo y vio que tenía la cara roja, la camisa por fuera totalmente pegada al cuerpo por el sudor y una expresión nada despejada. También tenía el pelo grotescamente alborotado. Se lavó la cara, colocó la camisa y recompuso su peinado. Ya estaba listo para continuar. Antes de salir miró el reloj. Para poder ver la hora tuvo que cerrar un ojo porque veía doble. Eran las cuatro y media de la mañana.

Lo mejor de la noche comenzaba en ese momento.

Salió del baño sin que nadie se atreviera a decirle nada y se marchó de la discoteca.

En la calle se le acercó un lechuguino muy arregladito, intensamente bronceado y con un corte de pelo ridículo. Llevaba una camiseta muy ajustada a su fornido cuerpo y unos pantalones vaqueros. Gordon se quedó mirándolo, sin poder creer que fuera a atreverse a dirigirse a él.

—Buenas noches, señor. Veo que hoy se ha preparado para ir de fiesta. Nada mejor que el ambiente de Diamond. Si entra conmigo con la consumición lo invitamos a un chupito de tequila. ¿Qué le parece?

Gordon estuvo unos segundos tratando de estabilizarse antes de poder responderle.

—Me parece que eres un mariconazo. Una asquerosa y repugnante maricona. Eso es lo que me parece —a pesar de que farfullaba, lo dijo muy despacio y se le entendió perfectamente.

No había sido nunca abordado por un invertido y le había pillado por sorpresa que aquél tratara de invitarlo a tomar algo. Pensó que el marica se iba a echar a llorar pero debía de ser de la estirpe de los machotes y en vez de llorar le dio un empujón que casi lo tira al suelo.

—¡Pero de qué vas, pringao! ¡Llamarme maricón a mí! Mira, no te parto la cara porque estoy trabajando y porque no eres más que un desgraciado. Un gordo asqueroso, borracho y con unas pintas ridículas. Anda, desaparece de mi vista.

Después de decir esto, el marica se dio media vuelta y se puso a hablar con un grupo de jóvenes, probablemente todos maricas y drogadictos, que estaba reunido alrededor de unas cuantas motos. El marica que le había insultado se subió a una para hablar desde allí a sus amigos. Seguramente eso les excitaba, les parecería más machito.

Gordon se quedó un minuto parado donde estaba, en medio del agitado paseo marítimo, mirándolos con la cabeza un poco caída y la boca entreabierta, decidiendo qué hacer. Por una parte le apetecía mucho prender fuego a las motos, con los maricas encima, pero por otra parte también le apetecía mucho beberse otro whisky y seguir ligando. Con mujeres, no con maricones. Tras unos instantes más de reflexión echó a andar hacia la puerta de un pequeño pub que había entre dos discotecas. En el siguiente cuarto de hora se tomó dos whiskies y una cerveza para refrescarse y volvió a salir a la calle. El grupito de sarasas seguía alrededor de las motos, sobre la amplia acera. Volvió a quedarse un minuto parado en medio de la calle, tambaleándose hacia adelante y hacia atrás, decidiendo si les partía la cara a aquellos pisaverdes o seguía la jarana. Una vez más le pudo la vena pacífica y se dirigió a la discoteca Diamond, que era la más cercana.

Desgraciadamente no recordaba que era la discoteca a la que había querido invitarle el marica.

En la puerta de la discoteca había bastante cola. Se colocó el último y se dispuso a esperar. Enfrente de él había un montón de jóvenes de ambos sexos. Las chicas le parecían todas iguales: Altas, delgadas, atractivas y vestidas con el mismo tipo de ropa ceñidísima que hacía que su desnudez no tuviera secretos para el agradecido público.

Mientras esperaba el momento de entrar y avanzaba lentamente con la cola, a través del túnel de entrada, se fijó especialmente en la chica de delante de él. Era morena, muy alta y parecía deportista, pues estaba extraordinariamente bien formada. Se quedó hipnotizado mirando el pantalón corto de licra que llevaba, preguntándose si la consistencia de aquellas turgencias de perfecta curvatura sería la que aparentaba. De repente, sin saber bien cómo, su brazo se movió al margen de su voluntad, al menos consciente, y Gordon observó aterrorizado, y en parte encantado, como su mano sopesaba y palpaba con fruición aquel trasero. El Gordon que conocemos nunca habría hecho algo así pero aquella noche era el Míster Hyde de Gordon el que se había apropiado de su cuerpo, por lo que sus actos quedan justificados. La joven efectivamente debía de ser deportista porque hizo saltar sangre de la nariz de Gordon con el puñetazo que le endosó. No contenta con esto, empezó a gritar histéricamente e intentó volver a golpearlo. Gordon huyó de allí como pudo, perseguido por la chica y por sus amigos. Antes de llegar a la calle le agarraron por la solapa.

—¡¿Qué pasa aquí?! Hombre, el gordo otra vez montando bronca —era el musculoso invertido que había tratado de ligar con Gordon.

—Es un cerdo. Ha metido mano a esta chica —dijo alguien.

—Me ha tocado el culo. Dejadme que le parta la cara. ¡Gordo de mierda, calvo asqueroso!

La chica parecía enfadada de verdad, tan furibunda que Gordon dedujo que debía de haber escapado de un psiquiátrico, pero no le pegó más porque el marica lo sacó de allí a empujones y, ya fuera del túnel de entrada a la discoteca, lo tiró al suelo y le propinó un par de patadas que no le hicieron verdadero daño.

—Como te vuelva a ver por aquí te parto la cara de verdad. Te lo advierto.

Gordon no se amedrentó.

—Maldito marica, te aseguro que te arrepentirás de esto.

Esta vez las patadas sí le dolieron, a pesar de todos los whiskys que había bebido, así que optó por no decir nada más. En cualquier caso, siempre vengaba las afrentas y esta vez no iba a ser diferente, aunque todavía no sabía cómo iba a poder hacerlo.

El tiempo se lo aclararía.

Estuvo un rato deambulando y después decidió que en vez de ir a otra discoteca mejor se metía de nuevo en un pub, que eran lugares más tranquilos y seguros. Entró en el primero que encontró y pidió un whisky mientras se apoyaba en la barra con ambos codos. Se lo bebió lentamente, mirando al fondo del vaso. Después de ese whisky se pidió otro. Aquí no le invitaban a chupitos aunque también había varias jovencitas muy atractivas, pero ninguna estaba sola y su instinto de supervivencia le indicaba que no se acercara. Siguió revisando con la mirada a todas las personas que allí se encontraban y por último reparó en una mujer que estaba sentada a su derecha, a tres sillas de distancia. No era tan atractiva como las demás pero tampoco carecía totalmente de interés. Su edad era más cercana a la de Gordon, si es que no la sobrepasaba. Estaba un poco rellenita y por la forma de apoyarse en la barra parecía que había tomado tanto alcohol como él.

Se acercó a ella dando tumbos.

—...enas noshes. Cómo te llamash...

Debido al whisky era incapaz de dar ninguna inflexión a su voz. Bastante tenía con decir algo. Ella levantó la mirada y se puso a reír con risa de borracha. Gordon la miró seriamente, tratando de impresionarla, pero ella no paraba de reírse. Estuvo así un minuto entero. Cuando parecía que iba a parar lo volvía a mirar y comenzaba de nuevo.

—¡Qué risa! Que pinta tienes. Estás hecho un adefesio.

Otra vez se echó a reír y Gordon se cabreó con ella.

—¡Gorda borrasha! ¡Vete a la mierda!

Se dio la vuelta y volvió a su silla a terminarse su whisky. Un momento después la mujer se levantó y fue haciendo eses hacia él.

—No te enfades gordito, que me haces mucha gracia. Me llamo Elsa. ¿Tú cómo te llamas?

Gordon la miró de arriba abajo antes de responder. Era aún menos atractiva de pie que sentada pero no era el momento de andarse con exigencias.

—Me llamo Gordon. Siéntate, te invito a un whisky.

—De eso nada, calvito —al decir eso le revolvió el peinado con una mano regordeta—. Aquí la que invita soy yo.

Por la forma de dirigirse a los camareros, parecía que éstos la conocían muy bien. Al momento tuvieron dos whiskys delante de ellos.

—Salud —dijo Elsa, y se bebió su whisky de un trago.

Gordon no dijo nada pero la imitó en la forma de beberse el whisky. Después de ése vinieron dos más en la siguiente media hora. Gordon tuvo que ir varias veces al baño y la última de ellas se lavó la cara y tuvo un instante de lucidez. Cuando volvió a la barra zarandeó a Elsa cogiéndole de un brazo.

—Elsa. ¿Sabes ir a Glamour?

—¿La discoteca de jovencitos? Ja, ja, ja... —otra vez varios minutos de risa de borracha en los que pronunciaba cosas ininteligibles y se cogía la tripa con las manos al reírse, igual que hacía Gordon cuando se reía. Se ponía tan roja que parecía que iba a estallar.

Gordon miró su reloj. Al cabo de un rato creyó adivinar que eran las seis, y recordaba vagamente haber quedado con una camarera muy atractiva que le dijo que cerraban a las nueve. Había tiempo de sobra pero no sabía ir y la gente de la calle parecía muy agresiva. Mejor no preguntarles.

—Elsa, quiero ir a esa discoteca. Me vas a decir cómo se va o no.

—¡Qué divertido! No sólo te voy a decir cómo se va, sino que te voy a llevar en mi coche —ante su cara de sorpresa, añadió:

—Tengo un descapotable, gordito. Ja, ja, ja...

Aquello sí que era una sorpresa agradable. Nunca se le hubiera ocurrido que aquella mujer pudiera tener un coche. Salieron juntos del bar, apoyados el uno en el otro, y se dirigieron a un parking al aire libre que había a doscientos metros.

El coche de Elsa resultó ser uno de ésos en los que siempre vas al aire libre porque no tienen la opción de poner una capota. Una especie de todoterreno con un motor birrioso y unas puertas tan bajas que no era necesario abrirlas.

Gordon se sentó rápidamente en el asiento del conductor.

—Yo conduzco.

—Elsa lo miró con expresión divertida durante unos instantes, después de lo cual le lanzó las llaves y se desplomó en el asiento del acompañante.

—Llévame al fin del mundo, vaquero. Ja, ja, ja...

Tardó dos minutos en conseguir meter la llave y arrancar el coche. Cuando empezó a avanzar, miró hacia delante y tuvo que detenerse. Veía doble y borroso a la vez y no sabía dónde estaba la carretera.

—¿Por dónde?

—Está en las afueras. Cuando pases el puerto, la primera a la derecha y todo recto hasta que veas las luces.

Gordon no preguntaba qué carretera tomar. Lo que quería saber era hacia dónde girar el volante en el siguiente metro y después en el siguiente y en el siguiente, pero no volvió a preguntar. Entrecerró los ojos y distinguió algo más. Aceleró y salió derrapando por el aparcamiento de tierra. Por suerte el coche no corría nada a pesar de que él pisaba a fondo y a la gente le daba tiempo a esquivarlos.

—¡Subnormal!

—¡Imbécil!

—¡Asesino!

—¡Pon las luces!

A ese último grito intentó hacer caso y después de un rato de búsqueda en el que se salieron varias veces de la carretera pudo encenderlas. Elsa, más que reír, gemía levemente en el asiento de al lado. De vez en cuando, cuando Gordon se salía de la carretera o sin ninguna razón especial, estallaba en una carcajada sonora.

—¡Ja, ja, ja...! ¿A ti dónde te han regalado el carné? ¡Ja, ja, ja...!

Gordon no lo había pensado hasta ese momento pero la verdad era que no tenía carné de conducir. Se lo había sacado hacía casi treinta años, pero como nunca había tenido coche no lo había renovado y hacía ya bastantes años que le había caducado. A pesar de ello se consideraba un buen conductor. En los coches de choque de las ferias siempre era un adversario temible. Sin duda a ello ayudaba su tremenda masa corporal.

Cuando enfilaron la carretera Gordon sintió una molestia y se dio cuenta de que era el bote de mantequilla de cacahuete que llevaba en el bolsito de la cintura, que se le clavaba al estar sentado en posición de conducción. Lo sacó y empezó a comérselo con los dedos mientras conducía, pero cuando sólo llevaba la mitad Elsa lo vio, se lo arrebató y se comió lo que quedaba en menos de lo que canta un gallo. Gordon no tuvo lucidez ni para quejarse, bastante tenía con conducir en su estado y con el volante pringoso y resbaladizo a causa de la mantequilla de cacahuete.

En la carretera el coche no pasaba de sesenta kilómetros por hora en recto y los demás coches los adelantaban a gran velocidad haciendo bambolearse el suyo. Le hubiera gustado disponer de los trucos del coche de 007 para poder lanzar un misil a cada uno de los coches que pasaba.

Al cabo de pocos minutos divisaron las luces de la discoteca. Se aparcaba en un solar anexo a ella y un empleado dirigía los coches que entraban para que aparcaran más o menos lejos de la puerta, en función de la categoría del vehículo.

A ellos los mandaron al extremo más alejado.

Cuando llegaron a la esquina más oscura del solar, Gordon, emocionado por la conducción tan sensacional que había realizado, quiso dar el toque final con una maniobra que había visto en muchas películas. Aceleró a fondo en los últimos metros, giró bruscamente a la derecha y tiró del freno de mano. El coche derrapó un par de metros y se inclinó de modo peligroso apoyado únicamente en sus ruedas izquierdas. Hubo un instante de estabilidad, pero Elsa se soltó de donde hubiera estado agarrada y rodó sobre él a la vez que el coche volcaba y quedaba sobre el lado del conductor. Elsa rodó un poco más y cuando se consiguió enderezar empezó a insultarlo.

—Maldito gordo borracho. Has intentado matarme.

Después de patearle un rato vio que no se movía y empezó a gimotear.

—Gordoncito, querido, ¿estás bien?

Se arrodilló a su lado y le agitó la cabeza. Gordon se había quedado dormido y despertó en ese momento. Le apetecía seguir dormido con la cara apoyada sobre la fresca arena pero Elsa se ponía pesada y tuvo que salir del coche. Una vez comprobado que ninguno tenía lesiones apreciables, empujaron entre los dos y enderezaron el coche. No les costó mucho porque no era demasiado pesado y estaba en una suave pendiente que los favorecía. Además, Elsa parecía tener más fuerza que Conan. Sus brazos no eran mucho más delgados.

Cinco minutos después ya se habían adecentado y cruzaban sin problemas la puerta de la discoteca. Gordon lo primero que hizo fue abalanzarse sobre la barra y pedir un whisky. Se lo bebió de dos tragos y comenzó a recorrer la discoteca. La música estaba altísima y había mucha gente. No era fácil desplazarse de un lugar a otro. Las luces de colores se movían y destellaban de una forma bastante desagradable. Empezó a sentirse de nuevo muy mareado y siguió avanzando sin rumbo fijo, completamente embotado. Su intoxicada mente percibía tan sólo destellos de imágenes eróticas a distancias indeterminadas. De Elsa se había olvidado.

Buscando un lugar menos agobiante llegó a una esquina con poca gente, sumida en una oscuridad casi total. Se apoyó en una columna y trató de restablecerse pero el mareo se convirtió rápidamente en nauseas y las nauseas en arcadas. Apoyado en la columna vomitó litros y litros separando las piernas para no salpicarse. Cuando acabó se encontraba mucho mejor. Anduvo unos metros y se quedó por ahí cerca, oteando, de forma que pudo ver a dos chicas que se acercaron a la columna en la que él había vomitado y revolvieron unas cazadoras que había en una tarima cercana. Tras buscar un rato miraron al suelo y, agachándose, recogieron unas cuantas cazadoras y chaquetas que se habían caído de la tarima. Después de cogerlas las soltaron y gritaron al unísono al descubrir que estaban empapadas del vómito de Gordon. Llamaron a unos chicos y éstos comenzaron a hablar con otros jóvenes que había al lado de la columna. Desde donde Gordon se encontraba parecía que los primeros pensaban que eran los otros los que habían vomitado encima de sus cazadoras. La vena violenta de aquellos retrasados salió a la luz y uno de ellos golpeó en la cara a otro. En cuestión de segundos todos se golpeaban y en un minuto unos guardias de seguridad, matones simiescos, los golpeaban a todos. Gordon sonrió satisfecho. No se había dado cuenta de que estaba vomitando sobre algo porque estaba muy oscuro, pero había conseguido que unos cuantos jóvenes delincuentes se llevaran una buena tunda que sin duda merecían.

Medianamente recompuesto gracias a la vomitona y a la agradable escena que había presenciado, volvió a la barra y encontró a Elsa que no parecía haberlo echado de menos ni haberse movido excepto para beber. Pidió otro whisky y se lanzó a la pista de baile. Elsa lo siguió con un whisky medio vacío en la mano. En esa discoteca había chicas subidas a unas plataformas que bailaban frenéticamente casi desnudas. Subidas a aquellos pedestales parecían estar ofreciéndose a dioses griegos en altares de lujuria. Gordon las miraba embelesado a la vez que trataba de seguir su ritmo. Se situó justo debajo de una de ellas, obteniendo así una inmejorable panorámica de su escasa ropa íntima, y meneó la cadera, la tripa y los brazos todo lo deprisa que pudo. Los pies los dejaba quietos, con las piernas entreabiertas, porque de otra forma hubiera perdido el equilibrio y rodado por los suelos.

Algunos jóvenes rufianes que bailaban alrededor de él lo empujaron, quejándose porque al bailar de aquella manera Gordon lanzaba su whisky en todas direcciones. Hizo caso omiso de las quejas y los drogadictos dejaron de molestarlo, apartándose un poco de su lado. Mientras bailaba pudo ver que muchas personas seguían hipnotizados las evoluciones de las ninfas de la noche. Cuando la que estaba delante de él, casi encima en realidad, abandonó su pedestal, seguramente para refrescarse un poco o para que la relevaran. tuvo una idea genial.

Ahora sí que iba a tener éxito.

Buscó a Elsa con la mirada y la vio dos metros a su derecha, bamboleándose peligrosamente. Estaba con los ojos cerrados y los brazos colgando a lo largo del cuerpo. Se acercó a un centímetro de su oreja y gritó con todas sus fuerzas.

—¡Elsa, pídeme un whisky!

Ella pareció salir bruscamente de algún trance y, sin decir nada, se deslizó hacia la barra como un fantasma. Mientras tanto Gordon se encaramó como pudo a la tarima en la que había estado bailando la joven y cerró durante unos instantes los ojos, totalmente inmóvil, hasta que sintió que aquel ritmo infernal lo poseía. Se abrió un par de botones más de la camisa y dejó al descubierto su hirsuta barriga, sabedor de la atracción animal que esta característica ejerce sobre las féminas. Una vez que todo estuvo dispuesto se lanzó a una orgía de música y baile agitando, ahora sí, todas las partes de su cuerpo. Era como tener una relación carnal con todas las personas que se agitaban debajo de él, pero de forma más indirecta, más espiritual. Sentía clavadas en él las miradas y el deseo de todas las mujeres.

Qué maravillosa sensación.

En ese momento Elsa tiró de la pernera de sus sensuales pantalones de cuero negro.

—Viejo borracho, aquí tienes tu whisky y baja de ahí antes de que te hagas daño, idiota.

Gordon cogió el whisky que le traía y se lo bebió de un trago. Después cogió también el whisky que ella se traía y siguió bailando con él en la mano. Desde su posición privilegiada pudo ver que Elsa se iba de nuevo y quedaba encorvada sobre la barra, bebiendo más whisky.

Continuó con su ritmo orgiástico.

Al cabo de un rato, le tiraron otra vez de la pernera. Miró hacia abajo enfadado, convencido de que era Elsa y preparado para darle una patada o para quitarle todo el whisky que trajera, pero no era Elsa. Eran dos jóvenes delincuentes que le chillaban que les estaba tirando whisky encima. Gordon miró a su vaso y vio que se le había caído casi todo. Se agachó hacia los rufianes y cuando uno de ellos se acercó a él, esperando que Gordon le dijera algo, le tiró a la cara el resto de whisky y siguió bailando arrebatado por el éxtasis.

Unos instantes después eran varios los terroristas y ahora trataban de tirarle de la tarima. Gordon les tiró el vaso vacío y se echó para atrás todo lo que pudo para que no pudieran alcanzarlo con los brazos estirados. A la vez, sintiéndose transportado hacia estados de la mente indescriptibles, comenzó a bailar dando saltos de forma que si a alguien se le ocurría meter la mano sus más de ciento veinte kilos se la aplastarían.

Los aprendices de asesino se apretujaban a sus pies y Gordon les hacía cortes de manga y les escupía siguiendo el ritmo de la música. Corte de manga, corte de manga, escupitajo; corte de manga, corte de manga, escupitajo... Se sentía invencible, indestructible, intocable. Esa sensación duró muy poco porque sin que se diera cuenta alguien subió por detrás de él y lo empujó al vacío. Lo recibió una lluvia de patadas y puñetazos y sintió que lo arrastraban por el suelo de la discoteca. Una vez en la calle oyó que alguien tomaba las riendas de la situación y alzaba su voz por encima de las de los demás.

—¡Me cago en la leche! Es otra vez el mismo tipo. El que te dije que la había montado antes en el Diamond. Tenía que haberle mandado al hospital allí mismo.

Parecía que los que hablaban entre ellos eran los matones de las discotecas. Uno de ellos era el maricón que había tratado de ligar con él hacía unas horas. Gordon se preparaba para vender cara su vida cuando un grito horripilante llamó la atención de todos.

—¡Aaaaayayayayaaaaa!

Crash.

Elsa acababa de romper una botella de whisky, de qué si no, en la cabeza de uno de aquellos matones. Aprovechando el desconcierto que se armó, Gordon se alejó unos metros reptando por el suelo. Después se levantó y salió corriendo hacia el coche. Cuando llegó se dio la vuelta un momento y vio a Elsa colgada de la espalda de uno de los criminales sanguinarios, tirándole del pelo con las manos y con los dientes mientras el resto de ellos trataba de separarla infructuosamente. En el suelo yacía otro de los matones.

A veinte metros del tumulto, de camino hacia la salida del parking, estaban las motos de aquellos ángeles del infierno. Gordon no lo pensó dos veces. Puso en marcha el coche, aceleró a fondo y salió disparado, aprovechando que la pendiente lo favorecía, en dirección a las motos.

Llevaba las luces apagadas y los dos o tres tipos que estaban subidos en algunas de las motos no pudieron apartarse a tiempo. Chocó contra el principio de la fila y cayeron todas al suelo, quedando la mayoría encajadas entre sí. El coche por suerte no se caló, aunque quedó bastante maltrecho. Dio marcha atrás, maniobró y escapó tan rápido como pudo, esta vez bastante más despacio porque la salida del parking era cuesta arriba. Los que habían estado subidos a las motos ya se habían incorporado y uno de ellos corría a toda velocidad persiguiéndolo y gritando para que el encargado de dirigir el tráfico en el parking, situado justo en la entrada de éste, lo detuviera. La situación era angustiosa porque el que lo perseguía iba a la misma velocidad que el coche y parecía que en cualquier momento iba a darle alcance. Además, delante de él el otro empleado ya se había percatado de la situación y se había colocado en medio de su camino.

Gordon no lo dudó e intentó atropellarlo.

El hombre saltó hacia un lado y por fin quedó el camino despejado. Siguió acelerando a fondo y en unos segundos se encontró en la carretera de vuelta a la ciudad. Tomó la primera desviación que encontró sin que pareciera que nadie lo estuviera siguiendo. Giró varias veces más al azar y de repente el destino lo hizo aparecer en la gran avenida a la que desembocaba la calle del Sayonara. Unos minutos más tarde, y sin más percances adicionales que algunos rayones laterales y retrovisores arrancados de coches aparcados, tomó el último desvío.

Aparcó cerca de la puerta del hotel y se miró en el espejo interior del coche aprovechando la luz del amanecer, ya bastante avanzado. No pudo verse en el retrovisor lateral porque había desaparecido cuando volcaron en la discoteca. Presentaba un aspecto muy poco decente y nada saludable. Estaba manchado por todas partes de barro y también de sangre. Tenía un ojo hinchado y arañazos y magulladuras por todo el cuerpo. La ropa también estaba arañada y rota por varios sitios. Incluso su pantalón de cuero negro, tan entrañable, tenía varias rajas que dejaban al descubierto su pierna blanquecina. Aparte de su aspecto, no podía pensar con claridad y empezaba a encontrarse francamente mal, al borde de un colapso físico.

Arrancó una lona que estaba atada detrás de los asientos, en lo que debía de ser el maletero, y se envolvió con ella. Trató de recomponer su peinado y lo hizo como pudo, utilizando las manos porque su peine había desaparecido. También trató de quitarse con saliva la sangre de la cara y los manchones más visibles pero el resultado fue penoso y decidió envolverse también la cabeza, a lo monje.

Cuando se bajó del coche comprobó que le faltaba un zapato y que el coche no ofrecía mejor aspecto que él. El lateral izquierdo estaba bastante abollado y mucho más aún el frontal, faltándole uno de los focos. Sin embargo, el radiador milagrosamente no se había roto por lo que el coche seguía siendo utilizable.

Oteó a través de la cristalera del hotel y comprobó que la recepción estaba vacía. Entonces atravesó el vestíbulo con una veloz carrera en dirección a los ascensores, pero el recepcionista apareció repentinamente y salió gritando tras él tratando de que se detuviera. Seguramente Gordon no le parecía uno de sus respetables clientes habituales sino más bien un engendro sacado de alguna película de terror.

Por suerte para Gordon, uno de los ascensores estaba parado en la planta baja con las puertas abiertas y se lanzó dentro de un salto a la vez que presionaba el botón de su piso. Mientras las puertas se cerraban vio acercarse a toda velocidad al recepcionista y se hizo una bola en el suelo, tapándose la cara con el borde de la lona para que no lo reconociera. Las puertas se cerraron dejando fuera a su perseguidor.

Una vez en su piso, se encerró rápidamente en la habitación, no fuera a ser que el recepcionista subiera en el otro ascensor, y se derrumbó sobre la cama.

No fue capaz ni de quitarse el zapato que le quedaba.

Se acordó justo antes de quedarse dormido de que en esos momentos debían de estar sirviendo el desayuno. Miró la hora en el reloj, que por suerte conservaba. Eran las nueve menos cuarto. Podía bajar y desayunar caliente y abundantemente. Sin embargo, por una vez en su vida una idea de ese tipo no fue llevada a la práctica. No era muy recomendable bajar sin adecentarse un poco y no tenía fuerzas para ello. Apenas pudo estirar el brazo y coger un poco de pan de molde que se metió en la boca sin añadirle nada más. La mandíbula le dolía, le costaba masticar y estaba tan cansado que no llegó a tragar ni la mitad del pan, durmiéndose con el resto en la boca.

DOMINGO 13 DE JUNIO

A las tres de la tarde despertó. Había dormido peor que en toda su vida, pero no podía seguir en la cama porque el sol le daba de lleno a través de las cortinas descorridas, como si estuviera siendo sometido a un tercer grado, y su cuerpo recalentado estaba cubierto de sudor. Había olvidado activar el aire acondicionado el día anterior.

Antes de incorporarse estuvo cinco minutos inmóvil, con los ojos apretados porque la luz le molestaba terriblemente. No era consciente de las aventuras de la noche anterior. De hecho, en esos instantes apenas sí era consciente de sí mismo. Cuando por fin abrió los ojos, el panorama era inquietante. Estaba vestido elegantemente pero la ropa estaba destrozada. Su propio cuerpo estaba en mal estado y tan sucio que daba asco, y cuando ejecutó los primeros movimientos comprobó cuánto dolor albergaba su maltrecha anatomía, en especial la cabeza, y que le costaba respirar. Al poco se dio cuenta de que tenía la boca llena de pan y por eso respiraba con tanta dificultad. Lo masticó un poco y se lo tragó, pero casi se ahoga porque tenía la boca y la garganta tan resecas como el pan.

Necesitaba agua.

Al intentar ponerse en pie casi se le viene el mundo encima. Ahora sí que le dolía la cabeza. Se la agarró con las manos y permaneció sentado en el borde de la cama. Le parecía que si hacía un movimiento brusco su cuerpo y su mente se desharían. Unos minutos de inmovilidad después ya le dolía menos pero tenía una nausea constante muy intensa. Decidió que sería mejor meterse algo en el estómago y empezó por beber un largo trago de agua junto con un par de aspirinas. Después de ello se preparó cuatro sándwiches de mortadela con mantequilla pero cuando se estaba comiendo el tercero se tuvo que ir corriendo al baño y estuvo vomitando durante veinte largos, larguísimos minutos.

Cuando terminó de vomitar permaneció a cuatro patas en el suelo del baño, incapaz de ponerse en pie. Haciendo un gran esfuerzo, y utilizando el lavabo como asidero, consiguió estirarse un poco y mirarse en el espejo. Hemos de decir que por primera vez en Gordon no se apreciaba ni una brizna de respetabilidad. Sin duda alguna la influencia de los depravados personajes que debía de haber conocido la noche anterior lo había conducido a semejante estado. Medio incorporado como estaba sólo podía verse de los hombros para arriba, pero era suficiente. Estaba asqueroso. Sucio de sangre, barro, vómito y varias cosas más que no podía identificar. Tenía la cara hinchada, especialmente alrededor de los ojos, uno de los cuales apenas podía abrir, y lo poco que se veía de los ojos era de un rojo casi púrpura. La camisa con la que tantos momentos de gloria había vivido estaba ahora colgando miserablemente de su cuerpo, hecha jirones.

En definitiva, estaba hecho un desastre.

Se limpió un poco el vómito con la toalla que tenía más a mano y se tumbó en las baldosas del baño. Su frescor era muy agradable. Le molestaba la luz de la bombilla pero no tenía fuerzas para incorporarse así que cerró los ojos y trató de volver a dormir.

A las seis de la tarde, después de fluctuar durante horas entre un ligero malestar y un malestar insoportable, le pareció que estaba un poco más estable y se fue gateando hasta la cama. Una vez allí pensó que un poco de mantequilla de cacahuete le sentaría bien; abrió un bote y empezó a comérselo pero el movimiento le sentó fatal y tuvo que volver a vomitar, aumentándole el dolor de cabeza hasta límites inimaginables. El pobre Gordon sintiose al borde de la muerte sin saber muy bien por qué se encontraba tan mal, ya que apenas podía pensar y no recordaba el cruel maltrato que había sufrido la noche anterior. Lo único que podía hacer era vomitar sin parar.

A las nueve despertó abrazado a la taza del váter. Había dormido casi una hora. El dolor de cabeza había remitido parcialmente y lo peor era ahora un mareo que le impedía mantener los ojos abiertos. Aun así, nuestro héroe hizo gala de tal apelativo y mediante un enorme esfuerzo de voluntad se levantó y abrió los grifos de la bañera. Mientras el nivel del agua subía se quitó los restos de la ropa que con tan buenas perspectivas se había puesto la noche anterior y, rodando sobre el borde de la bañera, se dejó caer en el líquido caliente. Por primera vez en el día se sintió casi bien, mientras el agua ennegrecía. Cerró de nuevo los ojos y durmió como un niño.

A las once salió de la bañera y, andando desnudo por la habitación, hizo acopio de provisiones mientras la bañera se llenaba de nuevo de agua caliente. Volvió a meterse en el agua y comió poco a poco, esperando a ver si su cuerpo iba tolerando lo que ingería.

El sopor lo fue invadiendo.

Al abrir los ojos de nuevo el agua estaba fría. Salió de la bañera y se fue dando tumbos hasta la cama. La piel de los pies y de las manos estaba arrugadísima. No tuvo fuerzas para secarse pero se echó encima las sábanas y la lona cuya procedencia en esos momentos no recordaba.

Había sobrevivido.

LUNES 14 DE JUNIO

El sol lo despertó a las once de la mañana. Tampoco había cerrado las cortinas el día anterior. Aunque estaba muy cansado se encontraba mucho mejor que el domingo. Seguía estando debilitado pero había recuperado la salud, prueba de lo cual era un hambre voraz que hacía que las entrañas le rugieran como un animal salvaje.

Estuvo un par de minutos sentado en el borde de la cama, intentando resolver el misterio de su penoso estado. Recordaba haber pasado un domingo horrible y suponía que en la noche del sábado había bebido algo que le había sentado mal. Y tal vez algo más de la cuenta. Lentamente imágenes de aquella noche iban apareciéndosele y recordó haber sido asaltado por pandilleros juveniles, matones y hasta por maricas. No pudo evitar que se le escapara una risita al pensar que si él estaba en ese estado tan lamentable los otros debían de estar todos en el hospital. Luego se acordó de todas las mujeres que lo habían acosado y ese recuerdo le dio fuerzas para incorporarse e ir al baño a orinar. De camino al baño buscó con la mirada restos de presencia femenina. Aparentemente no habían dejado nada. Debían de haber sido unas chicas muy meticulosas, o tal vez consumó las inevitables hazañas en otro lugar.

En el mar, seguramente fue en el mar. La imaginación se mezcló con los recuerdos y una sonrisa somnolienta acudió a su rostro mientras orinaba largamente.

Cuando volvía del baño recordó vagamente a Elsa sin poder distinguir si lo que pasaba por su cabeza era otro recuerdo o un mal sueño. Estaba demasiado cansado para tratar de seguir recordando. Se dijo a sí mismo que debía controlarse, pues más noches salvajes como aquella lo acabarían consumiendo, y se puso a buscar algo de comida porque ya era tarde para bajar a desayunar, según ese horario de subnormales que habían implantado. Lo que querían era ahorrarse los desayunos. Seguramente ni siquiera abrirían y nadie se daría cuenta.

Encontró en la cama un bocadillo y medio de mortadela con mantequilla un poco aplastados y un bote de mantequilla de cacahuete y los engulló mientras preparaba un abundante desayuno. Su cuerpo se quejó un poco pero pudo dar cuenta de todo sin mayores problemas. Al acabar de comer hizo inspección por toda la habitación y descubrió su ropa destrozada, desgracia que ya no recordaba. Eso lo entristeció. Lo metió todo en una bolsa para la ropa sucia que había en un cajón y decidió que lo tiraría al salir del hotel, junto con una lona sucia que no recordaba de dónde había salido pero que por lo visto había utilizado de manta.

En el espejo del baño vio que tenía magulladuras y arañazos por todo el cuerpo. Lo más vistoso era un ojo hinchado y amoratado. Tendría que ponerse las gafas de sol para que no se le viera. Como en las películas, pensó, y eso hizo que casi olvidara su malestar.

Era un aventurero, un león lamiéndose las heridas satisfecho después de haber dado una lección a cuantos rivales se le habían cruzado; y después de haber tenido éxito con decenas de mujeres, no lo olvidemos. Gordon era sin duda alguna un hombre ejemplar y un modelo de caballero, pues si no había en ese momento varias mujeres en su habitación era obviamente por respeto a Miss Ellis, a su querida Marta Ellis que en ese momento estaría suspirando pensando en su *gentleman* y aburrida con la insoportable verborrea de Peláez. Él había satisfecho fugazmente las inevitables urgencias físicas de las mujeres que tuvieron la suerte de cruzarse en su camino, y las había abandonado después porque su corazón ya tenía dueña.

Sí. Así había sido.

Animado y lleno de comida se lanzó a la actividad, como era habitual en él. Se duchó y se curó las heridas como pudo, utilizando para ello un pequeño botiquín que había preparado para el viaje, y a las dos de la tarde ya estaba vestido con ropa limpia y había metido en la bolsa todo lo que tenía que tirar. Antes de salir de la habitación revisó los bolsillos de los pantalones rotos y encontró en ellos varias monedas, unos profilácticos —¿cómo es que le habían sobrado? Quizás ellas llevaban— y unas llaves que no sabía de dónde habían salido ni de qué podrían ser.

Al pasar por recepción tuvo una extraña sensación, como si tuviera que esconder algo. Era extraño porque nuestro hombre iba siempre con la cara por delante y jamás, que pudiera recordar nadie, había hecho algo de lo que tuviera que arrepentirse. Dejó de prestar atención a esa sensación absurda y salió del hotel, tiró la bolsa que llevaba a un cubo de basura y se fue a dar un paseo por los alrededores.

No había nada interesante que ver y constató que la gente de esa isla tenía un gusto pésimo. Iban hechos unos adefesios. Llevaban unas ropas impropias de alguien con sentido del ridículo y de la decencia. En media hora se cansó de mezclarse con aquella gente, sorprendido de lo diferentes que parecían a los que había visto siempre en la televisión poblando los lugares de playa. Cuando iba de nuevo hacia el hotel hubo algo que lo animó y lo decidió sobre cómo pasar el resto del día. Un grupo de jóvenes mujeres se cruzó con él, andando en dirección contraria. Se dio la vuelta, casualmente, y casi quedó sin respiración. Estaba claro que iban a la playa porque iban vestidas con bañadores, pero decir bañadores en este caso es un eufemismo porque apenas recubrían sus espléndidos cuerpos unos minúsculos e indecentes trocitos de tela de vistosos colores. Estaba claro que aquello era un burdo reclamo para que un semental las cubriera. Gordon, poco acostumbrado a estas libertades, a estas inmoralidades, no pudo continuar andando hasta que aquella aparición desapareció de su vista.

Cuando reanudó la marcha ya sabía que pasaría el resto del día en la playa.

En el hotel se dio tanta prisa como pudo. Ni siquiera comió. Antes de las tres de la tarde trotaba en la dirección en que habían desaparecido las gráciles damiselas. En su espalda cargaba una enorme bolsa de playa en la que había metido todo lo necesario para pasar la tarde. Toalla, equipo de buceo, flotador y manguitos, freesbe, sombrilla de playa, la mitad de la cual sobresalía de la bolsa, algunos adminículos más y una mochila llena de comida que había preparado en diez minutos. Además de llevar todo lo necesario, iba vestido adecuadamente, siguiendo osadamente el dudoso ejemplo dado por las señoritas con las que anteriormente se había cruzado. Llevaba un reducido bañador tipo slip y una camisa de flores que había comprado recientemente para ir a la moda. El estilo lo había copiado de una serie de televisión. Por último, iba tocado con una visera muy playera y llevaba puestas las gafas de sol de policía americano, que le daban una apariencia aún más imponente de lo habitual a la vez que ocultaban su ojo morado.

La playa estaba lejísimos. Tardó casi media hora porque para llegar a ella había que llegar al paseo marítimo y aun quedaba un buen trecho yendo hacia la izquierda, en dirección contraria a la zona de discotecas, de nebulosos recuerdos para Gordon.

Parecía un niño pequeño de lo nervioso que estaba, pero el hallarse tan cerca del mar, que hacía más de veinte años que no veía, y del ambiente de playa en general, lo hacía sentirse así. Cuando por fin pisó la arena se detuvo un momento, contemplando el panorama. La playa estaba bastante llena, casi rebosante de gente que paseaba, corría, jugaba con raquetas o balones... En definitiva, muy parecido a lo que Gordon había visto en las películas pero ahora era de verdad, pensó emocionado. Avanzó hacia el mar y al llegar donde morían las olas anduvo hacia la izquierda, pero enseguida se paró porque había un pequeño claro y porque había unas vecinitas que parecían realmente encantadoras.

Lo primero que hizo, después de extender la toalla y sentarse sobre ella, fue sacar la mochila con la comida y la bebida y comer durante un buen rato. Tenía tanta hambre que apenas podía esperar a tragarse un bocado para meterse otro en la boca. Después de saciarse pensó, con su prudencia acostumbrada, que tenía que meterse rápidamente en el agua o de lo contrario tendría que esperar a hacer la digestión. Se quitó la camisa, quedándose sólo con la camiseta de tirantes que llevaba debajo, sacó todo lo necesario de la bolsa y se equipó convenientemente. Hinchó el flotador, para lo cual estuvo sus buenos cinco minutos soplando, hinchó los manguitos, se lo puso todo, incluyendo el chaleco salvavidas, las gafas y el tubo de bucear, y echó a andar hacia el mar con las aletas en la mano.

Cuando el mar empezó a refrescarle los pies, se sentó en la arena y se puso las aletas. No fue una operación fácil porque las aletas le venían un poco justas y porque llevaba las gafas de bucear ya puestas y con ellas veía bastante mal. Además, hay que reconocer que el gran Gordon era más fornido que flexible. También se puso un poco nervioso porque se dio cuenta de que varios niños se acercaron a observar con atención sus evoluciones.

Siempre tenía que haber malditos niños molestando por todas partes.

Una vez colocadas las aletas, se adentró en el mar. Un par de pasos después las aletas se engancharon en la arena, se doblaron y el pobre Gordon cayó de bruces en el agua. Menos mal que sólo le cubría por las rodillas porque con todo el equipo resultaba muy complicado moverse. Tuvo que darse la vuelta, poniéndose boca arriba, y después sentarse en la arena, pero en ese momento una ola lo volvió a poner boca abajo e hizo entrar agua en el tubo a través del cual respiraba. Pasó un minuto un tanto angustioso hasta que se dio cuenta de que lo más fácil era ponerse boca abajo, luego a cuatro patas y por último de pie. Durante ese proceso se oían a través del agua las risas de los maleducados niños que lo observaban en número creciente.

Todo fue mejor cuando el agua le llegó por encima de la cintura. Empezó a flotar y la situación quedó bastante controlada. El arrojo con que se había lanzado a esa aventura lo tenía asombrado incluso a él, pues hay que recordar que la natación no era el punto más fuerte de nuestro atleta.

Se entretuvo un rato flotando de pie, metiendo la cabeza en el agua y observando el fondo con su equipo de buceo, pero cuando quiso acercarse de nuevo a la orilla lo tuvo más complicado. En posición vertical no controlaba la dirección que seguía y tuvo que inclinarse peligrosamente. Por suerte, las medidas de seguridad adoptadas le permitieron mantenerse a flote mientras ejecutaba peligrosas maniobras y no se ahogó aunque el pánico casi lo invadió en un par de ocasiones. Al final se acercó a la orilla nadando de espaldas con un estilo aceptable para ser la primera vez, manteniendo el tubo en la boca pero respirando por la nariz, y dando de paso una lección a los niños con su control de la situación. Sin embargo, los malditos disfrutaron de otra ocasión para reírse de Gordon ya que no controló el momento en que llegaba a la orilla y quedó encallado boca arriba, zarandeado por las olas rompientes. Los nervios hicieron presa en él, y en los subsiguientes momentos de descontrol el agua y la arena se metieron por el tubo de respirar hasta su garganta, así como ocuparon el espacio entre su cara y el cristal de las gafas, cegándole temporalmente. Sin profundidad le resultaba difícil darse la vuelta y tardó varios minutos en poder salir del agua y llegar hasta la arena seca a cuatro patas, sobre todo por la dificultad de hacerlo con aletas y sin ver, pero llegó.

Se quitó gafas, tubo y aletas y recolocó en su sitio el ajustado bañador. Tras respirar hondo un par de veces, espantó a los niños que revoloteaban a su alrededor con saltitos histéricos de rebosante dicha, y anduvo con poca estabilidad hasta la toalla. Estaba agotado. Se desvistió perezosamente de los manguitos, el flotador, el chaleco y la camiseta e iba a dormirse cuando las vecinitas se levantaron y comenzaron a jugar con unas raquetas de playa. Gordon se incorporó un poco, con refinado disimulo, y observó durante un rato la aparente ingravidez de sus carnes, tras lo cual decidió hacerse notar. Se puso de nuevo las gafas de buceo e hizo como si fuera a bañarse otra vez. Con aquellas gafas no se podía ver bien a dónde miraba. Eso le daba una ventaja en el juego del cortejo. Anduvo un rato alrededor de ellas pero, aunque sin duda lo deseaban, no se decidieron a invitarlo a que se les uniera, por lo que se puso a pasear por la orilla plenamente satisfecho de lo que veía. Los bañadores minúsculos entre las mujeres eran norma. Sin embargo, los jovenzuelos llevaban bañadores absurdamente largos. Parecía que se bañaban con pantalones cortos. Resultaban un poco andróginos, especialmente en contraste con él, que lucía orgulloso su adecuada y masculina vestimenta de baño.

El paseo resultaba de lo más instructivo y se dio cuenta de que muchas mujeres lo observaban, pero decidió dejarse de *affaires* por el momento por lo cansado que estaba y porque nuestro hombre era muy espiritual, poco apegado a las cosas materiales. Volvió a su toalla y en un minuto cayó profundamente dormido.

Demasiado profundamente.

Al abrir los ojos de nuevo se llevó una gran sorpresa. La playa estaba casi vacía. Estaba un poco mareado y le costó tomar consciencia plena de la situación. Ya no hacía calor y el sol estaba cerca del horizonte. Al quitar la mano que estaba apoyada sobre la tripa vio que en la piel quedaba perfectamente marcada la silueta de su mano. Había dormido al sol durante toda la tarde con la mano apoyada sobre la tripa y ahora era como si se la hubieran tatuado en blanco.

Cuando se incorporó para mirar mejor a su alrededor y se quitó las gafas de bucear que todavía llevaba puestas, se dio cuenta de que se había quemado dolorosamente. Al gesticular, la cara le dolía muchísimo, aunque al menos había salvado la parte superior gracias a las gafas de bucear. La zona de alrededor de los ojos no le dolía. Poniéndose de pie, se observó mejor. Estaba de color rojo brillante en unas partes de su cuerpo y blanco refulgente en las otras. El contraste era muy vivo. En donde la carne había hecho un pliegue mientras había estado durmiendo ahora destacaba una franja blanca entre carne roja. Era un curioso espectáculo que habría estimulado su inquieta y curiosa mente si no hubiera sido por una molestia, todavía difusa pero creciente, que provenía de todas las partes de su cuerpo que se habían quemado. El dolor iba en aumento y se dio cuenta con espanto de que había olvidado traer cremas que le pudieran aliviar.

Recogió lo más rápidamente que pudo y salió corriendo de la playa.

En la parada de autobús trató de ponerse la camisa pero le hacía tanto daño que no pudo y tuvo que ir sólo con el bañador, tratando de cubrirse un poco con la bolsa porque la tarde estaba ya muy avanzada, eran casi las nueve, y se sentía fuera de lugar viajando tan escasamente vestido. Al llegar a su parada fue directamente al supermercado de al lado del hotel, en el que había adquirido la comida. Compró dos botes grandes de una crema que ponía *aftersun* y que parecía ser la que él necesitaba en esos momentos. Aprovechó para comprar también alimentos de calidad, tres kilos de mortadela, uno de chorizo y cuatro botes de mantequilla de cacahuete, y se fue a su habitación. Durante todo el trayecto desde la playa había tenido la sensación de que la gente lo observaba.

En el espejo del baño se observó meticulosamente, y hay que decir que ofrecía una imagen un poco deplorable por segunda vez en pocos días y en toda su vida. Decididamente las vacaciones le estaban sentando mal. Tenía una pinta muy rara con la parte trasera blanca y todo el frente rojo con franjas lechosas. La cara la tenía roja a medias pues la forma de las gafas de bucear estaba perfecta y resplandecientemente marcada, al igual que la mano en su tripa. También se marcaban en su cabeza dos bandas blancas correspondientes a la correa de las gafas, y entre el blanco de la cara destacaba el morado de su ojo izquierdo. En resumen, no ofrecía su mejor aspecto.

Lo primero que tuvo que hacer antes de comer fue darse una ducha fría, pues le ardía todo el cuerpo. Al frotarse con la toalla para secarse, un dolor progresivo se extendía por donde un segundo antes se había frotado. Tuvo que secarse apoyando suavemente la toalla sobre el cuerpo. Al final lo dejó cuando todavía estaba medio chorreando.

Le alivió un poco untarse de crema hidratante. Le producía un frescor agradable dejarla caer sobre su cuerpo pero después le dolía al extendérsela y se quedaba con la sensación de estar sudoroso, grasiento y caliente. Encendió el aire acondicionado y lo puso a tope de potencia y al mínimo de temperatura.

No comió mucho porque la piel quemada de la cara le dolía al masticar; cuando acabó de cenar se puso el pantalón del pijama, se lo volvió a quitar, se puso el bañador que había llevado a la playa, todavía húmedo, y se metió en la cama. Tenía calor y frío a la vez y trató de taparse con una sábana pero era imposible. Era como cubrirse con papel de lija estando desollado. Tardó horas en dormirse, temblando de frío y a la vez sintiendo que ardía en diferentes partes de su cuerpo. Durante la noche se despertó muy a menudo y nunca pudo conciliar un sueño profundo debido al dolor y al malestar inmisericordes.

MARTES 15 DE JUNIO

A las ocho de la mañana se desveló completamente. No podía aguantar más en la cama. Le dolía casi
toda la parte delantera del cuerpo y para que no falta-
ra de nada se había resfriado. Tuvo que levantarse a
apagar el aire acondicionado. Intentó comer algo pero
apenas podía tragar de lo que le dolía la garganta. Su
nariz estaba completamente taponada y por ello tenía
que respirar por la boca. El conjunto del resfriado, el
cuerpo quemado y las magulladuras hacía que se
encontrara muy débil y desgraciado. Ese desánimo se
convirtió en abatimiento al mirarse en el espejo del
baño. En algunos sitios la piel se había levantado y
unas inmensas ampollas habían hecho acto de presencia. El tono rojo de su piel se había oscurecido y
parecía aún más insano que la noche anterior. Entre
sollozos se sentó en la cama y se untó otra vez con
aftersun. Le dolía mucho pero pensaba que si no lo
hacía tal vez la carne se le despegaría de los huesos.

Untado en crema no se encontraba tan mal y ya no
hacía frío en la habitación. Le entró un hambre voraz y
pensó que lo que realmente le apetecía era comida
caliente y refrescos. Hamburguesas o sándwiches o
algo así, pero caliente. Con la facha que tenía no pensaba bajar al comedor así que llamó por teléfono a
recepción.

—Recepción, buenos días.

—Hola, buenos días. Todavía estamos dentro del horario de desayuno, ¿verdad?

—Sí señor, son las nueve menos cuarto y el desayuno se sirve hasta las diez y media.

—Pues eso quería yo, que me sirvieran el desayuno en la habitación.

—No hay ningún problema. Dígame que es lo que quiere y su número de habitación y enseguida se lo subimos.

Tanta amabilidad le resultó sospechosa a Gordon.

—Bien, pero lo que yo quiero es hacer uso del buffet, ¿eh? El desayuno está incluido en el precio que he pagado y no quiero que luego me cobren nada aparte.

—Perdone, pero eso no es posible. Si usted está con la tarifa de alojamiento y desayuno, a lo que tiene derecho es al buffet del comedor. Cuando se sube algo de cocina a la habitación no se contempla como desayuno incluido en la tarifa. Es el servicio de habitaciones, que es algo aparte. De hecho, usted puede pedir que le suban algo a cualquier hora, no sólo durante el horario de restaurante.

—No, no. No nos confundamos. Yo he pagado para tener derecho a desayunar sin que me cobren nada aparte —Gordon trataba de mantener la calma, pero parecía bastante evidente que enfrente de él se encontraba el típico asalariado cabeza cuadrada al que no le importaba el bienestar de su empresa ni de sus clientes sino trabajar lo mínimo posible—. Usted me dice que si pido algo especial de cocina me lo cobran. Bien. Usted me dice que puedo pedir algo a cualquier hora del día y que me lo cobrarían aparte. Bien también, pero nada de eso me interesa. También me dice que a lo que tengo derecho es al buffet. Pues muy bien, eso es lo que quiero exactamente —a continuación alzó la voz para apoyar con el énfasis la justa lógica que acompañaba a sus palabras—. Estoy enfermo, muy enfermo y no puedo salir de la habitación. Quiero desayunar y lo que quiero es el buffet, o sea que hágame el favor de mandar a alguien para que vaya al comedor con una bandeja bien grande, coja de todo y me lo suba a la habitación sin cobrarme ni un solo panecillo.

—Perdone, señor, pero no puedo hacer eso. El servicio de habitaciones tiene unas tarifas establecidas que están al margen del precio de la habitación. Aparte de eso, si está enfermo puedo hacer que le envíen un médico.

Era el colmo. Le negaban a un pobre enfermo la comida a la que tenía derecho y trataban de poner a prueba sus argumentos enviándole a alguien para que los comprobara. El recepcionista, además de vago, era sin duda uno de esos drogadictos que parecen salir de debajo de las piedras.

—Mire, jovencito —a pesar de su justa indignación, Gordon se contenía y mostraba respeto con el jovenzuelo—. No sé quien se ha creído usted que es, pero no quiero que me envíe ningún médico ni que me cobre ningún tipo de tarifa especial ni que ponga en marcha alguna otra treta de su arsenal. Quiero que se respeten mis derechos y que se me dé mi comida. Hoy estoy dentro del horario y tengo derecho a comer todo lo que me dé la gana sin pagar nada de nada. Quiero que ahora mismo me traigan lo que pido o les pongo una denuncia que los dejo temblando. ¿Me ha entendido?

—Lo lamento mucho, señor —el muy hipócrita ponía voz de lamentarlo de veras—. Me temo que no puedo ayudarlo en este caso. No hago más que cumplir las normas del hotel y no puedo hacer lo que me pide. Es usted muy libre de pedir el libro de reclamaciones y por supuesto de poner una denuncia, si eso es lo que cree que debe hacer.

Aquello colmaría la paciencia de cualquier santo y en este caso Gordon no pudo dar ejemplo. El deterioro físico que padecía limitaba su enorme capacidad de sacrificio y serenidad.

—Mira chaval, te vas a enterar de quien soy yo —elevar bastante el tono de voz le proporcionaba mayor majestuosidad—. Me voy a encargar de que os cierren el hotelucho. Menudo chiringuito tenéis que dejáis que se mueran de hambre los pobres enfermos que han cometido el error de pagar su comida por adelantado. ¡Te vas a enterar de quien soy yo!

Colgó bruscamente el teléfono sin decir en realidad quién era, a pesar de las amenazas que había proferido. Iba a pasar varios días más en aquel hotel y no quería tener problemas. Eso no quitaba que su mente trabajara frenéticamente para encontrar la manera de vengar semejante atropello. Dio vueltas por la habitación cavilando qué era lo que podía hacer pero no conseguía maquinar nada. Pensando con un poco más de calma se le ocurrió que la próxima vez que fuera a la playa se traería una bolsa llena de arena y el día que se fuera la echaría toda por los distintos desagües del cuarto de baño. No lo podrían acusar de nada porque

142

pudiera haber ocurrido que la arena la hubiera traído pegada al cuerpo de forma natural. Se sintió un poco más calmado tras comprobar que podía seguir confiando en su ingenio para poner las cosas en su sitio y aplazó el pensar en otras maneras de impartir justicia para más adelante. Lo primero que tenía que hacer era desayunar.

Ya que no le iban a traer nada tuvo que apañarse con lo que tenía. Se hizo un montón de sándwiches de mortadela y de chorizo y se aprestó a comérselos, pero no quería tomárselos con agua porque se le había antojado un refresco. Aunque fuera agua con gas, que también le gustaba bastante. Inmediatamente se acordó del minibar. Lo abrió y revisó su contenido. Tuvo, una vez más, una ocurrencia genial.

Sacó dos botellitas de agua con gas y el abrebotellas. Cogió una toalla del baño y la colocó cubriendo la chapa de una de las botellas y, con mucho cuidado para que no se doblara la chapa ni quedaran marcas en ella, abrió la botella. Se la bebió junto con un par de bocadillos y después repitió la operación con la otra botella y varios bocadillos. Como estaba resentido, en vez de rellenar las botellas con agua mineral de la que había comprado en el supermercado, las rellenó con la nauseabunda agua del grifo. Tuvo mucho cuidado de que quedaran al nivel adecuado. Acto seguido retocó con cuidado los bordes de las chapas y las encajó en las botellas. Quedaron perfectas. No se salía ni una gota. Al cerrar la puerta del minibar se sintió mejor. Esa pequeña travesura lo había animado un poco.

Pasó el resto de la mañana en la habitación leyendo su *Manual del perfecto seductor*. Lo había leído tantas veces que se lo sabía casi de memoria. De hecho, tenía un montón de anotaciones en los márgenes que mejoraban el contenido original de los capítulos. Resolvió poner en práctica, la próxima vez que saliera, alguno de los truquillos que en él figuraban.

Por la tarde no se encontraba mejor. Antes de volver a untarse con *aftersun* se dio una pomada contra las quemaduras que llevaba en su botiquín. Encendió la televisión y dejó pasar las horas mientras reflexionaba sobre la mezquindad humana. En el viaje había encontrado buenos exponentes. Era difícil encontrar una persona que, como él, mantuviera el empeño en la convivencia, en la justicia y en las cosas bien hechas. Lo habitual era gente como los que lo habían agredido o como el recepcionista que quería que muriera de hambre y dolor. Era triste comprobar que en cualquier parte del mundo resultaba muy difícil encontrar a alguien que mantuviera los ideales. Que tuviera unas ideas firmes de cómo deberían ser las cosas para poder vivir en paz y armonía y que viviera acorde a esos ideales, como mártir de los principios. Nuestro gran hombre determinó aún con mayor resolución seguir dedicando todo su esfuerzo personal para predicar con el ejemplo aunque ello le siguiera suponiendo sacrificios y sufrimientos inenarrables.

Perdido en estas reflexiones llegó de nuevo la noche. Gordon ya se encontraba un poco más recuperado físicamente y resolvió hacer alguna visita cultural al día siguiente. Para que no se le fuera la mañana durmiendo, llamó a recepción.

—Recepción, buenas noches.

El recepcionista era otro joven distinto al que

había tratado de timarlo por la mañana, aunque seguramente con unos valores morales igualmente corrompidos.

—Buenas noches. Quisiera que me despertaran mañana por la mañana. ¿Es posible?

—Claro señor, tenemos un servicio de despertador automático. Sólo tiene que decirme la hora y su número de habitación.

—¿Cobran algo por prestar este servicio?

—No, no. Es un servicio gratuito —parecía orgulloso de su propia generosidad.

—Pues no lo diga así, porque no son precisamente gratuitos todos los servicios que ofrecen. Ni siquiera alguno mucho más esencial que poner una alarmita. No me extrañaría que luego trataran de cobrármelo.

—Perdone, señor —balbuceó el recepcionista—. No... no sé a qué se refiere pero le aseguro que el servicio de despertador no se cobra —hubo una pausa—. ¿Quiere que lo despertemos?

—Bueno, ya revisaré cuidadosamente las cuentas. Haga que me despierten a las doce en punto.

—¿A las doce? —además de hipócrita, sordo.

—Sí, a las doce. Puede que usted no tenga cosas mejores que hacer pero yo trabajo muy duramente durante todo el año y no quisiera desaprovechar mi tiempo de vacaciones. Me gustaría visitar la catedral o el castillo de Bellver. Claro que no espero que me comprenda, pero le aseguro que si cambia de vida y llega a la edad adulta puede que tenga este tipo de necesidades.

El recepcionista pareció a punto de responder pero no lo hizo, y se limitó a tomar nota de la hora y de su número de habitación. Gordon tenía la facultad de hacer callar a aquellos que suelen hablar de más.

A las once y media tomó unos antibióticos que llevaban en su botiquín varios años, tal vez décadas, y apagó la luz y la televisión. No puso el aire acondicionado porque seguía sin poder soportar las sábanas y durmió boca arriba, completamente desnudo.

MIÉRCOLES 16 DE JUNIO

Lo despertó el teléfono. Al descolgar le respondió una grabación. Era el servicio automático de despertador.

Había dormido como un bendito.

Lo primero que hizo fue ir corriendo al baño y mirarse en el espejo. Su apariencia era un poema pero al menos casi no le dolía. Algunas de las ampollas habían estallado y en otras zonas directamente se había pelado. Tenía la piel de tres tonos de rojo, desde el rosa claro al granate, y de color blanco en donde no le había dado el sol. El morado de su ojo empezaba a remitir.

Untó su cuerpo en crema, desayunó y se vistió. Era molesto pero ya sólo un poco doloroso. Se tocó con la gorra más amplia que traía y ocultó parte de la cara con las gafas de sol. Vestido y con las gafas estaba mucho más presentable. Bajó a la recepción y pidió guías de la ciudad e información de las visitas que se pudieran hacer. El recepcionista, uno con el que aún no había coincidido, empezó a hablarle de unas visitas que organizaba el hotel. Gordon lo cortó en seco. En ese hotel eran insaciables, trataban de sacarle el dinero de todas las formas posibles. Desde luego que tendría que asegurarse de que no le cobraban el servicio despertador.

Salió del hotel con los folletos que pudo conseguir gratis, decidido a organizarse por su cuenta, y se dirigió a la parada de autobús desde la que salían los autobuses que le podían interesar.

De repente, se llevó una sorpresa tremenda.

Iba distraído, hojeando los folletos, cuando tuvo que mirar para esquivar un coche que había mal aparcado, con medio morro metido en la acera. El coche era un todoterreno descapotable con un aspecto miserable. Además de su mala pinta natural, el pobre coche estaba muy abollado, sobre todo por la parte delantera. Un tropel de recuerdos acudieron a su mente y entre ellos destacaba el de una mujer. Elsa. No había pensado en ella desde el domingo y no recordaba muy bien hasta qué punto habían intimado ni porqué le había dejado su coche, pero se palpó los bolsillos y encontró las llaves que habían aparecido en el pantalón que tuvo que tirar. Se acomodó en el asiento del conductor, silbando para aparentar indiferencia, como si el coche fuera suyo, y probó a meter la llave en el contacto. Entró limpiamente. Miró a un lado y a otro y giró la llave. Arrancó a la primera y parecía funcionar estupendamente, dentro de sus limitaciones naturales. Volvió a apagarlo y consultó de nuevo los folletos teniendo en cuenta ahora su mayor movilidad. En el mapa de la isla había varios destinos recomendados para visitar y escogió al azar uno de ellos.

Demostró su maestría al volante en el trayecto hasta su destino. La gente de aquella isla conducía bastante mal y trataban de adelantarlo en sitios que claramente no eran los adecuados. Gordon evitaba que aquellos infelices sufrieran un accidente apartándose para que lo adelantaran en los sitios seguros y cerrándoles el camino en donde no debían adelantarlo. También se cruzó con varias bicicletas, los únicos vehículos a los que pudo adelantar. Los ciclistas, en vez de ir por fuera de la carretera y pararse para que los adelantara cuando llegaba, como era su obligación, iban ocupando el arcén y no se detenían en ningún momento. Gordon los amonestaba aproximándose mucho a ellos y tocando el claxon con ardor, y por el retrovisor vio a alguno que por fin se paraba al borde de la carretera y agitaba los puños en su dirección. Pensó que los ciclistas eran otra de las lacras de la sociedad, unos incivilizados que ponían en peligro la integridad física de los automovilistas.

Su destino era un parque natural por el que en teoría se podía disfrutar de un agradable paseo, pero resultó ser un caluroso pedregal lleno de domingueros. Además, la presencia de Gordon nunca pasaba inadvertida y le resultó un poco molesta la insistencia con la que alguno de aquellos maleducados se le quedaba mirando. Probablemente trataban de tomar nota de su estilo. Infelices.

Después de desperdiciar una hora en aquel lugar, decidió regresar. Sin duda alguna lo más entretenido de aquella jornada fue el viaje en coche. A la vuelta la carretera era casi todo el tiempo cuesta abajo y llegó a rebasar los setenta kilómetros por hora. No fue tarea fácil, pues le parecía que el volante tenía holgura y los bandazos que daba el coche a semejante velocidad requerían de ambos carriles y de parte de los arcenes. Varios ciclistas se tiraron a la cuneta al verlo venir desde la distancia. El coche hacía un ruido tremendo y debía de parecerles un batallón invencible a punto de arrollarlos. Al menos así se sentía Gordon.

Cuando llegó de nuevo a la ciudad descubrió que el coche tenía también cuarta velocidad, además de las tres marchas que hasta entonces había utilizado. En el próximo viaje la aprovecharía.

Mientras transitaba por el paseo marítimo se acordó de su intención del día anterior. Detuvo el coche, entró en la playa y llenó de arena una gran bolsa de plástico que encontró tirada. Gracias al tamaño de la bolsa estaba seguro de que tendría suficiente arena para atascar todos los desagües de la habitación.

La ciudad estaba medio vacía a esa hora. El sol caía a plomo y Gordon temía quemarse más por los resquicios que dejaban la ropa y la gorra. Conducía velozmente, sintiendo el viento refrescándole al evaporar el sudor. En un semáforo en rojo se le acercó uno de esos indeseables vagos mendigos que tratan de aprovecharse de la caridad de los estúpidos y le metió en la nariz unos paquetes de pañuelos.

—Cómpreme unos *kleenex*, por favor.

—¡No se me acerque!

El rufián estaba bastante sucio y era comprensible la reticencia de Gordon, por otra parte siempre magnánimo y caritativo.

—¿Quiere que le limpie el cristal?

A la vez que decía eso, el desarrapado lo amenazaba con una esponja mugrienta que sacó chorreando de un cubo de agua negra como su alma. Gordon empezó a asustarse.

—¡Fuera! ¡Váyase!

El muy miserable hizo oídos sordos y comenzó a untar la porquería que arrastraba la esponja por la porquería que cubría el parabrisas de su coche. Gordon trató de apartarlo a manotazos, y al ver que aquello no hacía efecto, y ante la terrible incertidumbre de cuál sería el siguiente ataque de aquel hombre, engranó la primera marcha y aceleró cuanto pudo. El delincuente dio un salto hacia atrás pero, cuando Gordon pasaba a su altura, trató de chorrearlo con su esponja radioactiva. Un poco de aquella espuma negra quedó en la camisa de Gordon, que apenas se atrevió a quitársela con la punta de los dedos.

Siguió conduciendo a la vez que observaba a su atacante por el retrovisor. Parecía complacido mientras se retiraba otra vez a la acera, en espera de nuevas víctimas. Estaba perfectamente provisto de todos los utensilios para desarrollar sus actos vandálicos. Un cubo mugriento, una esponja mugrienta, un cepillo de plástico mugriento y una caja grande de pañuelos en la acera. De ella sacaba los paquetes que luego introducía en la nariz de los pobres incautos que paraban en aquel semáforo.

Sin darse cuenta, Gordon iba reduciendo la velocidad de su marcha a la vez que aumentaba su indignación reflexionando sobre la impunidad con la que obraban aquel tipo de delincuentes y la cantidad de ataques injustos que sufría en sus propias carnes de forma cada vez más frecuente. Un minuto después estaba dando un rodeo para volver a pasar por el semáforo.

A los cinco minutos se acercaba otra vez al delincuente por el paseo marítimo. No sabía muy bien qué hacer, sólo que tenía que hacer algo. Cuando estaba a cien metros se detuvo. El semáforo estaba en rojo y tenía que evitar una confrontación directa.

Aquel hombre estaría acostumbrado a matar.

Por fin el semáforo se puso en verde. Arrancó y aceleró cuanto le fue posible al coche. El sucio facineroso se había retirado a la acera y lo miraba acercarse, poniendo cara de estúpido y aparentemente sin reconocerlo. Cuando quedaban diez metros para llegar a su altura Gordon amagó a su izquierda, hacia el delincuente, y éste se adentró apresuradamente en la acera. El coche pasó muy cerca del bordillo a la vez que abría la puerta.

Logró una diana perfecta.

La puerta dio de lleno y con fuerza en la gran caja de pañuelos que a su vez golpeó al cubo mugriento. Cuando miró por el retrovisor vio decenas de paquetes de pañuelos volando por los aires junto con el cubo roto, y al maleante agitando los brazos, sin duda albergando asesinas intenciones. El ataque de risa que le dio hizo que casi chocara.

Llegó hasta el hotel riendo a voz en grito, sintiéndose muy bien y corriendo gran peligro porque tenía que sujetarse la tripa con ambas manos mientras reía y eso impedía que pudiera mantener la dirección estable.

Pero todavía no estaba a salvo.

Cuando iba a aparcar, la sonrisa que aún mantenía se le congeló en la cara. Otro tipo de maleante acechaba en los alrededores del hotel. En esta ocasión era un individuo que se apostaba en un espacio libre para aparcar y se comportaba como si fuera suyo, intentando que la gente aparcara allí para después tratar de cobrarles una tarifa cuya razón escapaba a la comprensión humana. Decidió evitar nuevas confrontaciones y continuó un poco más para aparcar en la manzana siguiente a la del hotel.

Cuando ya estaba apagando el coche vio por el rabillo del ojo al desarrapado, que llegaba corriendo y hacía gestos con el brazo mientras se dirigía a él.

—Gire un poco más. Vale. Así está bien jefe.

Después de sus inútiles recomendaciones se quedó apostado a un metro del coche, esperando a que saliera.

Se lo pensó un poco, pero después de ver que había algo de gente por la calle decidió arriesgarse y salió del coche. Rápidamente el delincuente se le acercó a una distancia inaceptable a la vez que lo amenazaba.

—Una propinilla, jefe.

Gordon pasó de largo y aceleró el paso tratando de alejarse, pero aquel esperpento se cruzaba en su camino a la vez que subía el tono de las amenazas.

—Vamos jefe, que lo he ayudado a aparcar. ¿Es que no me va a dar algo? —al ver que Gordon trataba de ignorarlo, su violenta naturaleza se manifestó con mayor virulencia—. Me cago en la leche todo el día aquí trabajando para los demás y ahora vas a hacer como si no me oyeras.

Gordon miró aterrorizado a su alrededor. Era evidente que el drogadicto se había vuelto altamente peligroso.

—Que me mires por lo menos, joder. Que no me desprecies como si fuera una mierda.

En vista de lo insostenible de la situación Gordon no tuvo más remedio que empezar a pedir ayuda. Se hubiera deshecho sin problemas de aquel individuo pero probablemente el mero contacto hubiese tenido consecuencias terriblemente infecciosas. Por eso gritó a la poca gente que había en la calle.

—¡Socorro! ¡Que alguien me ayude! ¡Quieren asaltarme!

El delincuente puso cara de asombro pero no cejó en su vil empeño.

—¡Pero qué dice! A mí no me meta en líos. Yo sólo quiero que me dé algo por ayudarlo a aparcar.

En esos momentos Gordon tuvo algo de la suerte que tanto se le negaba últimamente. A tan sólo unos pocos metros un grupo de jóvenes se había detenido y observaba la escena, visiblemente interesados. Parecían extranjeros pero, sin duda, y como no podía ser de otra manera, estaban de su parte. Eran cinco o seis muchachotes bastante fornidos, rubios y con el pelo muy corto. A pesar de ser sólo media tarde era evidente que estaban algo bebidos por lo alto que hablaban entre ellos y por el colorado exagerado de sus caras. Gordon les dirigió una mirada de súplica a la vez que gritaba realizando aspavientos.

—¡Socorro! ¡Jelp! ¡Ayuda!

Sus salvadores no necesitaron más estímulo. En un instante los rodearon y empezaron a increpar al mamarracho que había tratado de atracarlo. A Gordon ni siquiera le dirigieron la palabra, parecían interesados exclusivamente en el maleante. Éste ahora se mostraba asustado, nada que ver con la agresividad exhibida ante Gordon.

—Jefe, ayúdeme que no le he hecho nada. Diga a estos nazis que me dejen tranquilo, ¿vale? Venga hombre, dígales que dejen que me vaya.

Gordon estaba encantado. Por primera vez desde hacía tiempo se sentía en una clara posición de superioridad física ante una situación comprometida. Normalmente luchaba solo ante el peligro pero ahora tenía claramente la sartén por el mango. Los jóvenes extranjeros daban pequeños empujones al atracador y éste gimoteaba suplicante, en satisfactorio contraste con la violencia que había exhibido instantes antes. De repente se zafó de los amables muchachos y trató de escapar pasando al lado de Gordon, pero éste lo zancadilleó y consiguió que cayera al suelo. Antes de que se levantara le golpeó en la cabeza con la bolsa de arena que llevaba para atascar los desagües. El delincuente quedó lo suficientemente aturdido como para permitir que los salvadores de Gordon lo agarraran firmemente y se lo llevaran en volandas. Gordon les agradeció su ayuda y su sentido cívico, aunque hay que decir que tan afanados estaban en su propósito de escarmiento que no le respondieron. Daba igual. Todo había salido a pedir de boca y pudo entrar sano y salvo en el hotel, tratando de que la arena no se escapara de la bolsa medio reventada.

En el ascensor reflexionó complacido sobre el resultado de sus aventuras. Había salvado la vida y el orgullo y había conseguido equilibrar un poco la justicia universal con la lección que valerosamente había proporcionado a dos peligrosos delincuentes.

Una vez en la habitación, se quitó la ropa y se miró en el espejo para ver cómo evolucionaban sus quemaduras. La verdad era que parecía una salchicha roja con franjas de diversas tonalidades. Había pensado ir a la playa para contactar con algunas jovencitas y tal vez invitarlas a pasar la noche con él, pero su piel, más bien su carne, no aguantaría otra jornada de exposición al sol ni posiblemente otro festival de carne femenina como el que vagamente recordaba haber disfrutado la noche del sábado. Decidió entonces no salir de la habitación y pasó el resto de la tarde dándose un baño y comiendo en la cama, a la vez que pensaba en su querida Marta. Echaba de menos a su amor, su musa, su tesoro, y experimentó un brusco deseo de volver a verla y de que se hablaran por fin francamente, diciéndose lo que sentían el uno por el otro. El lunes siguiente estaría de vuelta en la oficina y prepararía un entorno romántico para que se declararan mutuamente.

Encendió la televisión y se quedó dormido en pocos minutos, no sin antes encargar que lo despertaran con tiempo de acudir al buffet de la mañana.

JUEVES 17 DE JUNIO

Bajó a desayunar cinco minutos antes de que acabara el plazo para hacerlo y se llenó cuatro platos de comida, a la cual tardó más de una hora en dar debida cuenta. Los camareros le lanzaban miradas muy poco amables mientras él comía con parsimonia, solo en el comedor durante prácticamente todo el desayuno. Era consciente de que los camareros querían cerrar el comedor pero le daba igual porque el servicio del hotel era francamente malo y lo habían tratado fatal desde el principio.

Al salir del comedor reparó en un cartel que o bien no había estado antes allí o se le había pasado por alto. Anunciaban una gran fiesta con barra libre en la discoteca del hotel para la siguiente noche, la del viernes. Gordon sonrió encantado. En el hotel había varias jovencitas de buen ver. De hecho, tenía pensado ir ese día a la piscina porque en días anteriores había observado que algunas lo miraban con indudable interés. No podía hacer menos que corresponderlas. Preguntó a unos camareros si debía inscribirse previamente y le dijeron que no hacía falta, que cualquiera podía entrar previo pago de la entrada. Perfecto. Sería su gran fiesta de despedida —pues regresaba a su ciudad el sábado— y pensó que le vendría bien hacer contactos previos ese mismo día para ahorrarse parte del proceso de seducción y poder ir directamente al grano.

En la habitación pasó más de media hora decidiendo qué bañador ponerse, si llevar los manguitos o si no haría falta, si hacerse unos sándwiches para no tener que subir a comer en caso de un repentino ataque de hambre y perder así una deliciosa oportunidad... En cuanto a la comida, se decidió en un minuto. Hizo cinco sándwiches de mortadela con mantequilla de cacahuete y los metió en una bolsa. Lo del resto del equipo de piscina le tenía algo más indeciso, y por eso al final arrambló con todo decidido a pasar el día completo con las jóvenes inquilinas del hotel.

Antes de bajar se comió los cinco sándwiches.

El ascensor del hotel era bastante grande, pero las tres personas que había cuando él entró tuvieron que apretarse contra el fondo. Llevaba una enorme mochila, una gran bolsa repleta y su colchoneta de playa tamaño familiar ya hinchada, casi tan grande como un colchón de cama de matrimonio. Sus acompañantes de ascensor eran un joven con pinta de ir a la piscina pero imprudentemente poco equipado, una mujer de mediana edad y un mocoso de unos cinco años. Que hubiera un niño le vino muy bien al pobre Gordon porque, debido a una jugarreta de su estomago, una enorme bolsa de gas se formó en su interior y tuvo que dejarla salir para no sufrir lesiones de gravedad, de tal entidad era el cúmulo formado. Eso fue entre el sexto y el quinto piso. En el cuarto ya podía ver por el rabillo del ojo que el niño parecía mareado y en el tercero los otros dos contenían visiblemente la respiración. Gordon también se vio envuelto por su propia emisión, pero por esas cosas de la naturaleza a él no le molestaba. Lo que le inquietaba era que los otros pudieran echárselo en cara públicamente, por lo que, en vista de que la situación se prolongaba al ir deteniéndose el ascensor en casi todos los pisos, se volvió un poco hacia atrás y exclamó:

—¡Pero cómo es posible semejante olor! ¡Este niño está podrido por dentro, señora!

El niño se ruborizó hasta el granate y la señora no se quedó muy atrás. Ninguno dijo nada y Gordon siguió mirando hacia adelante, riendo con disimulo mientras los demás sufrían notoriamente. Según salía del ascensor, una vibración telúrica de su intestino, réplica de la anterior, agravó la situación y dejó boqueando a sus compañeros de viaje.

Entró en el recinto de la piscina muerto de risa. El gesto risueño se transformó rápidamente en expresión de asombro.

En el césped que recubría el recinto de la piscina había tumbadas por lo menos quince jóvenes mujeres de desconcertante atractivo. Sus cuerpos gritaban a los cuatro vientos su juventud y elasticidad y toda esa hermosura estaba a merced de su donaire y experiencia.

La diosa Fortuna estaba de su parte.

El encanto de Gordon no pasó desapercibido para las jovencitas. Varias de ellas fueron posando la mirada en su hermoso cuerpo y él no pudo menos que hincharse como un pavo. Caminó lentamente hasta situarse en medio de dos grupos de mujercitas y colocó allí su colchoneta y el resto de los bártulos. No había pensado exponerse al sol, pero en vista de la situación se quitó la ropa quedando sólo con su ilustre bañador, ya descrito anteriormente, y se untó un bote entero de protección solar de grado máximo por todo el corpachón, quedando cubierto por una capa de casi medio centímetro de crema. El ungüento apenas conseguía disimular la mano blanca que parecía tener tatuada en mitad de la tripa. Se colocó las gafas y el tubo de bucear, anticipando que le resultaría muy interesante su uso, y se dirigió a la piscina con la colchoneta bajo el brazo.

Cuando llegó al borde echó la colchoneta al agua, si bien le costó un poco porque se había quedado pegada a su cuerpo. Se introdujo en el agua con un ágil movimiento en cuatro tiempos, consciente de la atención del delicioso público depositada en él, y quedó tumbado boca arriba esperando a que ellas dieran el siguiente paso.

No tardaron mucho.

Un grupo de ninfas y jovenzuelos se metió en el agua con una pelota de plástico y empezó a tontear como sólo se puede hacer a esa edad. La pelota cada vez caía más cerca de él, y cuando era una chica la que iba a recogerla, Gordon notaba que se retrasaba un poco contemplándolo, sin duda deseosa de cambiar la compañía de aquellos mocosos por la suya. Al cabo de unos minutos, las chicas empezaron a hablar y a reírse a la vez que lo señalaban. Gordon no podía entenderlas porque eran extranjeras, pero deducía que hablaban de él por la forma tan descarada que tenían de señalarlo. Un minuto después lanzaron la pelota, como por descuido, de forma que ésta aterrizó en el estómago de Gordon. Se incorporó en la colchoneta y ellas estallaron de risa al ver la pelota pegada a la crema que tan precavidamente se había untado de forma profusa. Despegó la pelota de su estómago y la lanzó a una de las jovencitas, la que parecía más loquita por él. Dejaron de jugar con la pelota pero se quedaron en el agua y Gordon decidió que era el momento de pasar a la acción. Ellas ya habían dado el primer paso, lo habían invitado al juego de la seducción.

Asegurándose de que hacía pie sin problemas, se bajó de la colchoneta y comenzó a flotar boca abajo, respirando por su tubo de buceo y accediendo a un mundo subacuático de enorme interés gracias a las gafas que tan previsoramente había llevado consigo. Recordando la experiencia playera, no se había calzado las aletas.

Gordon no era un experto buceador, pues había dedicado su vida a actividades e inquietudes más elevadas, pero sí era muy habilidoso y eso le permitía realizar de forma notable todo aquello que se proponía. También en esta ocasión se condujo con desenvoltura y en medio minuto ya flotaba como un iceberg entre las chiquillas. Con la cabeza bajo el agua oía amortiguados sus chillidos y risitas nerviosas. Era como un tiburón rodeado de presas, a cuál más apetecible. Las magníficas carnes lo parecían aún más a través de un velo de irrealidad abisal y liberadas bajo el agua del efecto de la gravedad.

La experiencia mareaba un poco a nuestro seductor y, creyéndose el escualo que representaba en el juego con las sirenas, sucedió lo inevitable.

El juego se intensificaba y sus aproximaciones cada vez eran más directas, hasta el punto de que ellas tenían que apartarse o apartarlo para que no chocaran. De repente, una de las que tenía delante se escabulló con un rápido movimiento y quedó a la vista, en medio de su veloz trayectoria, un cuerpo que sobresalía sobre todos los demás. Pertenecía a una tremenda mujer que estaba de pie dándole la espalda, ajena a sus evoluciones. Poco antes de la colisión Gordon se sumergió y, a la vez que chocaban, desprovisto como ya hemos dicho de sus proverbiales dominio y autocontrol, abrió la boca cuanto pudo y le mordió con fruición en el nacimiento de la prominente nalga izquierda, justo donde la firme rectitud del muslo se transmutaba en apetitosa curvatura.

A pesar de estar a dos palmos de profundidad, el poderoso grito le dolió casi tanto como el rodillazo que le propinó la mujer nada más darse la vuelta. Emergió frotándose la nariz, que le sangraba, y se encontró frente a una mujer de treinta y tantos años que sin duda no pertenecía al primer grupo de jovencitas, y que estaba acompañada de tres hombres del tamaño de seis.

La furibunda mujer demostró que no necesitaba acompañantes que la protegieran. En menos de diez segundos había abofeteado una docena de veces al pobre Gordon, culpable tan sólo de confusión submarina, y fueron los hombretones los que finalmente lo salvaron de la ira de aquella fiera. Ella trató de desasirse mientras daba explicaciones de la razón de su histerismo a los titanes y Gordon aprovechó para huir, no cabe aquí eufemismo alguno. Nadó tan rápido como pudo hasta el borde contrario, dejando un rastro de aceite cual petrolero en mal estado, y recogió sus cosas en menos de lo que canta un gallo. No fue suficiente, pues antes de que saliera de la piscina los matones de la fiera habían entendido y compartido las razones del arrebato, y le propinaron un puntapié en las posaderas que lo hizo volar varios metros. Eran demasiados para él y parecían bien organizados, por lo que hubo de irse afrentado y lesionado, rumiando el momento de reparar el trato recibido.

Las sirenitas y sus amiguitos contemplaron toda la escena con explícita complacencia.

En la habitación estuvo varias horas aguijoneado por la frustración y el despecho, mirando desde la terraza las evoluciones de los habitantes de la piscina. Las jovencitas parecían aburrirse sin él, confortadas tan sólo por la insulsa compañía de sus contemporáneos compatriotas, y la tremenda mujer a la que había mordido y de la que había recibido tan rápida paliza se entretenía con sus fanfarrones de tres al cuarto. Ese último grupito era el que lo impedía bajar e invitar a alguna de las jóvenes a su habitación, que era lo que a él le apetecía.

A primera hora de la tarde pudo resarcirse.

Justo debajo de la terraza de su habitación, la hercúlea mujer de las mordisqueables carnes y sus no menos hercúleos amigos colocaron una mesa portátil y desplegaron todo un banquete compuesto de las más apetecibles viandas y bebidas. Lo primero que Gordon pensó fue en llamar a recepción para denunciarlos, pues seguramente aquello no estuviera permitido, pero pensando más reflexivamente se dio cuenta de que en ese hotel todos estaban en su contra y no conseguiría nada.

Se le ocurrió algo mucho mejor.

Entró en la habitación y la revisó de arriba abajo buscando algo que le sirviera. Con una sonrisa de triunfo encontró y extrajo una bolsa de plástico del interior de la papelera y se dirigió al cuarto de baño. La llenó de agua hasta el borde, anudó el extremo abierto y se fue con ella otra vez a la terraza. Una vez allí, pasó la vista distraídamente por todas las terrazas, asegurándose de que nadie lo veía. Volvió a mirar abajo, un último vistazo a las terrazas, y dejó caer su pesada carga con la precisión de un cohete militar.

La mesa plegable estaba llena hasta los bordes de bandejas, platos, botellas y vasos repletos de exquisiteces que esperaban pacientemente a que se les diera cumplida justicia. En el preciso momento en que aquello iba a suceder y los cuatro comensales inclinaban sus cuerpos y extendían hacia ellas sus manos, un velocísimo proyectil los dejó con la miel en los labios, dispersando la comida por sus cuerpos y por el paisaje de la piscina. La bolsa impactó en el medio de la mesa, que cedió como si fuera de papel; las patas se doblaron y la superficie quedó tan arrugada como un pañuelo usado. La comida aplastada y los recipientes que habían contenido todo aquello salieron disparados junto con el agua que portaba la bolsa, y dos de los ávidos tragaldabas acabaron tumbados boca arriba en el suelo, aún sentados en sus sillas volcadas. La escena era de lo más entrañable, repleta de detalles de los que Gordon no pudo deleitarse cuanto deseaba por la necesidad de mantener la integridad física quedando resguardado de la vista de indeseables testigos y, sobre todo, de la de los actores principales de la tragicomedia.

Regresó al interior de la habitación, ya satisfecha su necesidad más primaria, y se dio un buen atracón con la mitad de la comida que le quedaba, echándose después una siesta en la que durmió como el bendito que era.

Por la tarde bajó al supermercado y compró los alimentos de calidad que calculaba que necesitaría hasta el momento de su partida. Cinco kilos de mortadela en gruesas rodajas, ocho botes de mantequilla de cacahuete y varios kilos de pan en diferentes formatos. También compró un pequeño despertador para no tener que seguir dependiendo de los ladrones del hotel. Cuando estaba a punto de irse del supermercado lo venció la tentación de darse un pequeño capricho, recordando lo bien que lo había pasado el fin de semana anterior, y cogió una botellita de whisky. Le serviría también para ayudarlo a vencer las pocas barreras que pudieran poner ante sus embates las jovencitas que fueran subiendo a su habitación.

Una vez en el hotel, y después de haber depositado en la habitación la preciada carga, se quedó merodeando por la recepción sonriendo y saludando galante y atrayentemente a todas las féminas de buen ver que por allí circulaban. Estaba cumpliendo las estrategias del *Manual del perfecto seductor* paso a paso. Al día siguiente ya podría decir a todas las que quisiera: "Nos vimos ayer en la recepción" e iniciar así una conversación cuyo desenlace, dadas las circunstancias, sería único e inevitable.

Estaba a punto de dedicar su más encantadora sonrisa a una mujer que acababa de entrar, cuando se percató de que era la del desmedido arrebato acuático. Se metió corriendo en un ascensor y tuvo la suerte de que las puertas se cerraron antes de que ella entrara acompañada de sus, por lo visto, ineludibles. Subió hasta su piso, y se dirigía hacia la habitación cuando oyó que el otro ascensor también se detenía en su misma planta. Echo a correr y consiguió entrar en la habitación antes de que lo vieran. No estaba seguro de que fueran a hacerle nada, pero más valía no darles que pensar, no fueran a establecer relaciones indeseadas, como darse cuenta de que su habitación quedaba justo encima de donde ellos habían estado cuando su tentempié había volado por los aires.

Se quedó escuchando tras la puerta, y comprobó sorprendido que entraban en la habitación que quedaba a su izquierda y en la que quedaba enfrente de la suya. Tras meditar unos instantes, una vez más Gordon pudo sonreír encantado de su ingenio. Abrió con cuidado la puerta, comprobó el número de habitación de sus queridos vecinos y regresó a la suya sigilosamente. Cenó lo poco que le quedaba de antes de la compra de ese día y se metió en la cama tras ajustar la alarma.

A la una de la mañana sonó la alarma de su despertador. Gordon se incorporó, cogió el teléfono y marcó el número de la habitación de enfrente. Sonó bastante rato sin que lo cogieran, y Gordon ya se temía que hubieran salido, cuando una voz somnolienta dijo algo en el extraño idioma de aquellos bárbaros. Gordon sonrió plácidamente y colgó. Acto seguido llamó a la habitación de la izquierda. En esta ocasión contestaron muy rápido. Era la mujer. Debía de tener el sueño ligero. Le dedicó una sonrisa antes de colgar, conteniendo las ganas de emitir algún sonido. Tampoco quería que llamaran a la policía. Se durmió feliz después de haber puesto de nuevo la alarma.

A las dos y media se despertó de nuevo y reparó en lo peligroso de utilizar la alarma. En la habitación de la izquierda podían darse cuenta de que sonaba una alarma en la habitación de al lado antes de que su teléfono comenzara a sonar. Por ello, espero diez minutos sin hacer ningún ruido y después llamó primero a la habitación de enfrente y acto seguido a la de su izquierda. Antes de colgar escuchó complacido los insultos que la fierecilla le dedicaba. También resultó muy confortante oírla a través de la pared después de haber colgado. Parecía realmente furiosa. Esta vez Gordon colocó la alarma debajo de la almohada para que no pudiera oírla nadie más que él.

A las cuatro y media de la madrugada lo despertó un remoto pitido. Tardó en darse cuenta de que era la alarma y no le apetecía moverse porque estaba profundamente dormido, pero en cuanto se acordó de las razones de haber puesto el despertador se despejó rápidamente, llenándose de una hilarante energía. Casi sin poder contener la risa marcó de nuevo el número de la habitación de enfrente y poco después el de la de la izquierda. En la de enfrente habían descolgado el teléfono, pero la tonta de la izquierda no había tenido esa ocurrencia y cogió el teléfono profiriendo unos gritos, seguramente bastante groseros, que se oían mejor a través de la pared que por el propio teléfono. Se puso de pie y se acercó tembloroso de placer a la pared que lo separaba de la magnífica teutona. Por lo que pudo oír después, más que haber dejado el teléfono descolgado la muy bestia parecía haberlo arrancado de la pared y haberlo hecho añicos contra el suelo. Tras componer unos cuantos gestos de burla, como un silencioso pero muy expresivo mimo, Gordon volvió satisfecho a la cama. Mientras se dormía como un bebé, pensó alegremente que seguramente hicieran pagar a la mujer el teléfono que había roto.

Las travesuras habían terminado por esa noche.

VIERNES 18 DE JUNIO

Amaneció pasadas las doce de la mañana y permaneció en la cama, disfrutando con el recuerdo de los acontecimientos del día anterior y con la esperanza de los del corriente. Sólo se incorporó un poco para acercar a la cama el paquete de mortadela, y se dedicó a coger gruesas lonchas que perezosamente masticaba. Cuando se quiso dar cuenta era media tarde y se había comido un tercio del paquete, más de kilo y medio, y se sintió un poco pesado al incorporarse para darse una ducha. La mortadela sola, sin mantequilla de cacahuete para acompañarla, le hacía sentirse así.

Salió a la calle a dar una vuelta pensando que hasta entonces no había hecho demasiado turismo. Cerca del hotel se encontró con su coche, del que casi se había vuelto a olvidar. Estaba poco acostumbrado a tener coche. Pensó en darse una vuelta con él pero no sabía cuanta gasolina le quedaba e igual lo necesitaba más adelante, para impresionar a alguna muchachita o para protagonizar una vertiginosa huida. No se puede saber qué depara el destino, y menos en una vida tan emocionante como la del preclaro Gordon. Además, le apetecía un paseo tranquilo para poder pensar con calma, porque la visión del coche lo había conducido fugazmente al recuerdo de Elsa y de éste rápidamente al de su querida Marta. Volvió a echarla de menos y estaba casi seguro de que ella lo estaba añorando en ese mismo instante; podía sentir la conexión a través del amplio espacio que los separaba. Eran la pareja perfecta, ella con su belleza y su inocencia, él con su gallardía y experiencia, con su aplomo y su prestancia, su ingenio, su fuerza, su coraje, su valor... En fin, había sido inevitable que cayera prendada de sus encantos, pero quién le hubiera dicho a él que una mujercita iba a tenerlo suspirando de aquel modo. ¡Ay, Marta, Marta!, qué dulce nombre de ensoñadoras evocaciones. Sintió ganas de acudir en su socorro y rescatarla de las grises garras de lo que hasta entonces habría sido una aburrida e insulsa existencia sin él. Se conocían ya bastante pero quería que ella lo conociera con profundidad y se diera cuenta de que él reunía todas las virtudes a la par que era impermeable a los defectos. Quería abrirse a ella para que lo amara de forma absoluta, dando gracias por ser la elegida, la única mujer a la que Gordon tal vez concediera la gracia de compartir permanentemente sus pensamientos y su compañía. Detuvo sus pasos después de producir semejantes elucubraciones. ¿Qué era lo que se estaba diciendo a sí mismo? El último pensamiento era muy parecido a las famosas palabras "unirse en cuerpo y alma". ¿Tal vez, sólo tal vez, estaba planteándose casarse con la muy encantadora Miss Marta Ellis? Era posible que sí. Qué saltos de alegría daría ella si pudiera leerle el pensamiento en ese instante. Seguro que se desmayaría de la emoción.

En ese momento perdió el hilo de sus pensamientos, al cruzarse con gacelas de felinos movimientos que hicieron que sus pasos lo condujeran de nuevo a las puertas del hotel. Eran inquilinas que sin duda volvían a sus habitaciones para prepararse para la fiesta de la noche. Gordon se relamió y subió también a prepararse.

La fiesta empezaba a las diez pero con los nervios estaba a las nueve totalmente vestido, arreglado y perfumado. Se veía espectacular en el espejo de la habitación. Se había vestido de forma parecida a como había salido de juerga el fin de semana anterior, con un segundo conjunto casi tan elegante como aquél. Esperaba que en esa ocasión la fiesta no fuera tan salvaje y pudiera conservar la integridad de sus ropas; aunque nunca se sabía, Gordon era una fuerza de la naturaleza y cuando se desataba del todo era casi incontenible y los resultados resultaban impredecibles. Pronto lo comprobarían una o varias de aquellas muchachitas de enloquecedores cuerpos.

A pesar de que consideraba mucho más seductor llevar abiertos varios botones de la camisa y descubrir así la hombruna pelambrera de su pecho varonil, en esta ocasión Gordon trató de dejar al descubierto la menor porción posible de su piel, pues las ronchas de diferentes tonalidades aun cubrían su cuerpo, si bien con aspecto más saludable que el de hacía unos días. Por la misma razón se había puesto, tapándole el cuello, un pañuelo de alegres colores.

Llevaba también en esta ocasión las gafas de sol, que le proporcionaban un aire enigmático al ocultar su mirada de los demás, y le permitían disimular un poco los contrastes que se daban en la piel de su cara. Para rematar los complementos necesarios, se puso la riñonera de cuero en la que iba a meter unos sándwiches para no tener que andar subiendo a la habitación. Pensaba meter también la botella de whisky, pero luego se acordó de que la fiesta era de barra libre y decidió dejarla en la habitación, no sin antes darle algunos tragos.

A las nueve y media estaba de lo más animado, practicando movimientos pélvicos frente al espejo y llevando en la mano la botella a la que prestaba continuamente delicada atención.

A las diez había decidido que se parecía tanto a Elvis que se iba a peinar con tupé. Era un poco difícil porque no tenía el pelo suficientemente largo y su corte de pelo natural no era el más adecuado para ornatos frontales, pero cuando vio el resultado final lo consideró satisfactorio, dejó en la mesita la botella de whisky, de la que ya faltaba la mitad, y salió de la habitación.

La discoteca estaba muy poco concurrida. Era casi tan grande como las del paseo marítimo, pero apenas había veinte o treinta personas en grupitos cerca de la barra y nadie en la pista de baile. A Gordon le apetecía mucho bailar pero no quería cansarse demasiado pronto y decidió reservar energías tomando unas copas en espera de las chicas. Debían de estar en sus habitaciones poniéndose más atractivas todavía. Seguro que algunas de ellas lo tenían en mente mientras se arreglaban y se ponían esas ropas que parecían una segunda piel. Mientras se sentaba en una butaca alta de la barra vio que entraban entre alegres risitas cuatro irresistibles jovencitas semidesnudas.

La noche prometía, sí señor.

Pidió un whisky al camarero y éste le dijo que tendría que pagarlo, que la barra libre era sólo de una marca de ron que patrocinaba la fiesta. Gordon no estaba acostumbrado al ron, pero por otra parte daba igual porque nuestro hombre no era bebedor y para una vez que se tomaba una copa no podía tener mayor trascendencia de qué se la tomara. Además, ya le habían cobrado un precio más que considerable por la entrada, no era cuestión de seguir arruinándose pagando copas.

En resumen, que se tomó un ron y después otro.

Al cabo de un buen rato, cuando se levantó de la butaca con el tercer ron en la mano, la discoteca parecía bastante más animada. La música estaba altísima y las luces de colores aturdían agradablemente a Gordon. Después del tiempo sentado le costaba mantener una verticalidad estable. Con una sonrisa que tal vez no denotara la gran inteligencia que brillaba tras ella, echó a andar hacia la pista de baile.

Era el momento de hacerse notar.

Las siguientes dos horas fueron las más divertidas de su vida. Algunas de las chicas con las que había entablado relación en la piscina parecían acordarse de él, y se integró en su grupito compartiendo con ellas bailes y risas, además de sutiles avances en el cuerpo a cuerpo. Bailaron entrechocando las caderas y hasta hicieron un trenecito con el que recorrieron varias veces la discoteca y al que continuamente se unían nuevos miembros. Gordon, agarrado a una fina y suave cintura de hipnotizante bamboleo y seguido por decenas de criaturas celestiales, tuvo que contenerse para no echar a correr ejerciendo de locomotora de aquel tren del deseo y conducir a todos los vagones a la estación final. No lo hizo, pero se recreó con la idea, qué mal había en ello, y percibía que ellas deseaban lo mismo; sin embargo, tuvo que mantener la sangre fría. Él era un hombre vigoroso y en plenas facultades, pero aun así allí había más de lo que él, y cualquiera, podía aguantar. Una cosa era solazarse y otra agotarse hasta morir. Tendría que ir seleccionando y subírselas poco a poco.

Tanto baileto daba una sed tremenda y cada veinte minutos tenía que beberse un ron con hielo que, todo hay que decirlo, no desmerecía en nada con respecto al whisky.

A la una de la mañana ya había seleccionado sus primeras presas. Empapado en sudor, estaba ejecutando un baile de nueva invención con una chica a cada lado. Las dos hacían todo lo que él quería y decidió que ya era el momento de pasar a la acción.

—Oídme nenas. ¿Qué os parecería un poco de diversión privada?

Ellas lo miraron muy sonrientes pero no dijeron nada. Se lo repitió gritando en sus oídos.

—¡Que vamos a divertirnos un rato a mi habitación!

Rieron como tontas y dijeron algo incomprensible para Gordon. Eran extranjeras y parecía que no le entendían. Después de unos instantes de reflexión, agarró sus manos y las arrastró hacia la salida. Ellas se dejaban hacer, resistiéndose sólo muy levemente, muertas de risa; pero cuando todo parecía resuelto y Gordon avanzaba lo más deprisa que podía, con los ojos desmesuradamente abiertos, babeando y riendo como una hiena, toda la discoteca pareció enloquecer. En dirección contraria a ellos aparecieron innumerables muchachas y muchachotes y los arrastraron alejándolos del objetivo de Gordon: la salida, su habitación, el paroxismo de la lujuria.

En un santiamén se vio separado de sus conquistas y zarandeado por cientos de enloquecidos salvajes. Todos miraban hacia lo alto de un escenario oscuro y vacío a la vez que un rugido contenido manaba de la multitud. De pronto, unos focos iluminaron el escenario y apareció un subnormal histérico, agitando a los vientos una melena de más de un metro de longitud de tal manera que si hubiera tenido un cerebro dentro del cráneo se le hubiera hecho papilla en pocos segundos. La reacción del público ante tan esperpéntica aparición fue igualmente surrealista. Totalmente enajenados, empujaban todos adelante como intentando batir el récord Guinness de habitantes por metro cuadrado. Todos gritaban y señalaban al frente, hacia el fantoche de la melena y los espantajos que lo acompañaban, y que fueron haciendo su aparición en una confusa y brutal mezcla de ruido y luz, de chillidos y explosiones pirotécnicas. Gordon estaba a punto de desmayarse por el estruendo y por el estrujamiento al que estaba siendo sometido; pero no lo hizo, en primer lugar porque ni estando muerto habría llegado al suelo hasta que acabara aquello, y en segundo lugar porque se animó algo al darse cuenta de que la masa que lo aplastaba no era sólo masculina. Se recompuso un poco, colocó astutamente las manos junto al cuerpo con las palmas hacia fuera y empezó a disfrutar del nuevo enfoque.

A los pocos minutos ya estaba como pez en el agua. Resultaba que la marca patrocinadora había tenido el detalle de traer a un grupo de música oriundo del país de donde eran casi todos los miembros de la fauna que poblaba la discoteca. Aquello no podía llamarse música de ninguna manera pero lo cierto es que, quien sabe si ayudado por aquel sabrosísimo licor, nuestro genial bailarín se adaptó camaleónicamente a las nuevas circunstancias y participó de la extraña catarsis como un miembro más.

Sólo tuvo algún problema hacia el final de la actuación musical, cuando llevado por el elogiable sentimiento de unidad que lo embargaba se atrevió a ejecutar uno de los rituales de aquella tribu.

Subió al escenario, arrebató por sorpresa el micrófono al cantante y, mientras éste trataba de recuperarlo, gritó y chilló como no había hecho en su vida, infringiéndose lesiones en la garganta de las que tardaría en curar. Daba igual. Debajo de él había cientos de personas que parecían dispuestas a dar la vida por él. En el colmo del éxtasis, y viendo que se aproximaban algunos miembros del equipo de seguridad de aquellos macacos, echó a correr y saltó desde el borde del escenario sobre sus incondicionales. Había visto anteriormente que era una práctica común pero, mientras adoptaba una posición horizontal en su vuelo parabólico, pudo ver expresiones en las caras de la gente sobre la que iba a caer que no parecían de placer y devoción de adeptos seguidores.

Era terror lo que reflejaban.

Lo que siguió fue un poco lioso. Gordon sólo recuerda que cuando se levantó hubo una docena de personas que no lo hicieron. Se produjeron momentos de confusión que quedaron diluidos en el caos en que aquella fiesta se había convertido, y que Gordon aprovechó para arrastrarse hasta la barra y tomarse tres o cuatro refrescos para compensar los litros que estaba sudando. Sobra decir que nuestro educado *gentleman* no quiso hacer un feo a la marca patrocinadora y permitió que le añadieran unas gotitas de licor en cada uno de los refrescos.

Media hora después aquello estaba mucho más calmado, aunque los ánimos permanecían todavía a un buen nivel. Podía ser que nuestro inefable personaje hubiera tomado una copilla de más pero era igualmente innegable que el resto de la concurrencia andaba bien servida. Todo el mundo parecía presa de un frenesí evidentemente inducido por Baco: la gente que se agitaba en la pista de baile una vez desaparecido el grupo aberrante, las parejas que se divertían en los sofás y en los rincones oscuros, los que utilizaban las oscuridades para menesteres igualmente aliviantes pero más evacuatorios y, en general, todos los que buenamente sabían y podían divertirse. Era aquella una concurrencia muy cordial, y lo fue más a partir de la siguiente actividad que los hiperactivos patrocinadores tuvieron a bien llevar a cabo.

Para sorpresa de Gordon, la música cesó y la luz se intensificó hasta el punto de que temió que la fiesta se considerara acabada cuando él apenas había empezado a jugar sus bazas. No era así. Lo que siguió debía de ser una tradición en el país de origen de aquellos inagotables bebedores porque todo el mundo sabía bien qué hacer. La gente pareció reactivarse, hasta los que instantes antes dormían plácidamente, y formaron un corro en la pista de baile dejando en el centro un espacio libre de unos cuatro metros de diámetro en el que colocaron dos sillas. Apareció un ridículo hombrecillo con una camiseta de la marca de ron que tanto le estaba gustando a Gordon, y empezó a hablar en el indescifrable idioma de aquellas buenas gentes. A Gordon eso lo irritó un poco, pero aguardó estoicamente porque estaba intrigado y porque siempre trataba de reflejar con la corrección de su comportamiento el difícil papel de cima de la civilización que le había tocado representar. A veces era duro ser el espejo del mundo civilizado.

El discurso, la explicación o lo que fuera duró poco pero tuvo un claro e inmediato efecto. Se produjo una extraña e invisible división entre la gente que formaba el corro, que era toda la discoteca, y empezaron a chillarse unos a otros y a agitarse los grupos como si tomaran una difícil decisión. Pronto quedó claro que lo que se había producido era una elección y de entre cada una de las mitades de la festiva congregación emergió una mujer que ocupó la silla más cercana a su grupo. Gordon forzó la vista, un poco sorprendido. Él no había participado en la elección, pero seguro que si de lo que se trataba era de un concurso de belleza no habría elegido a ninguna de ellas.

Parecían lanzadoras de peso.

El hombrecito ridículo desapareció por unos segundos y volvió acompañado de dos voluntarios que llevaban cada uno una botella cerrada del famoso ron. Después de unas pequeñas explicaciones extra, se destaparon las botellas, las mujeres echaron la cabeza hacia atrás y en sus bocas abiertas comenzó a caer el ron. El público chillaba, jaleaba, enloquecía. Se inició una especie de cuenta que no parecía terminar nunca. Las mujeres tragaban y tragaban. Sus bocas no tenían fondo y movían las gargantas al compás de la cuenta del público. Cuando llevaba cada una de ellas más de media botella ingerida, Gordon pensó alarmado que iban a necesitar botellas de recambio y que aquello era una especie de suicidio en público. Pero no, en ese momento una de las mujeronas echó la cabeza hacia delante, escupiendo el ron que llenaba su boca, y emitió un sonido gutural muy poco femenino. Tenía los ojos abultados y brillantes como bombillas encendidas y la cara roja cual cereza madura, con las venas hinchadas como mangueras. La otra gárgola al revés tampoco presentaba mejor aspecto cuando se incorporó al saberse vencedora, pues por lo visto en eso consistía aquel acontecimiento. Su público la recibió con una ovación de las que hacen historia y ella se zambulló entre ellos como lo haría en una piscina. Contra todo pronóstico, a ninguna de ellas le estalló la cabeza sino que recobraron un color y una presión arterial normales o, al menos, aparentemente humanas. Gordon pensó que una vez repuestas no eran tan desagradables, y tomó nota mentalmente de que la cantidad de ron que habían bebido las haría más asequibles.

El hombrecillo apareció de nuevo y volvió a dirigirse al público en su extraño idioma. A Gordon aquel personaje comenzaba a aburrirlo y además le entró sed después de haber visto beber tanto. Se fue a la barra y se bebió una copa. Al cabo de un par de minutos regresó donde la multitud provisto de otras dos. Cuando quiso enterarse de qué era lo que estaba pasando, vio que todo el mundo hablaba a voz en grito y se miraban unos a otros, inquisidores. De repente se encontró con unas caras conocidas aunque no recordaba de qué. Unos jóvenes bastante fornidos lo miraban sonrientes y señalaban a las copas que llevaba en las manos. Gordon se las ofreció prudentemente, considerando que no le costaba nada ir a procurarse otras nuevas. Los muchachotes rieron con extraordinario regocijo y lo estrecharon en sus brazos mientras comenzaban a señalarlo y a gritar a todos los que tenían alrededor. En ese momento Gordon recordó que eran los jóvenes que lo habían librado del maleante en la puerta del hotel.

La gente empezó a desplazarlo a empujones y en unos segundos se encontró en mitad de la multitud. La mitad de la sala lo jaleaba como cuando estaba en lo alto del escenario y la otra mitad animaba a un gordo enorme que estaba sentado en una de las sillas, desde donde increpaba a Gordon. El hombrecillo ridículo se le acercó muy sonriente y le quitó las copas que aun mantenía en las manos. Se resistió un poco por acto reflejo y el gentío estalló en una risotada enorme. Sonrió tímidamente sin saber todavía qué era lo que querían de él, pero comprendió rápidamente en el momento en que le señalaron la silla vacía. Iba a negarse cuando, de entre lo que parecía haberse convertido en su grupo, emergió la campeona de la anterior competición, le pegó un tremendo empujón que lo dejó bien sentado y le estampó un beso en los labios tan sonoro que quedó ensordecido por unos segundos. Acto seguido, aquella gran mujer cayó en el suelo cuan larga era y la apartaron arrastrándola de los brazos. El público parecía considerar todo aquello muy grato, la

cordialidad se respiraba igual que en una escena navi-
deña alrededor de la chimenea. Todos reían desencaja-
dos y Gordon parecía el origen de aquella tremenda
hilaridad. Intentó aclarar sus pensamientos, y en ese
momento vio que la mujer que lo había besado se rein-
corporaba con dificultad y le lanzaba otro beso con la
mano.

Eso aclaró sus ideas.

Llegaron por detrás de él los pródigos muchachos
de la anterior competición, cada uno con una botella
nueva en la mano; se colocaron detrás de cada partici-
pante, él mismo y su gordo rival, y desenroscaron los
tapones. El hombrecillo dio algunas instrucciones y el
gordo de su izquierda echó la cabeza hacia atrás y abrió
la boca. Gordon hizo lo propio.

Comenzó la competición.

El primer trago fue el peor, porque beber en aquella posición no era muy cómodo precisamente, pero
una vez superado ese pequeño escollo sólo le molestó
que la bebida no estuviera más fría. El ambarino líquido mantenía un caudal constante gracias al dosificador,
y Gordon esperaba unos segundos a que la boca se le
llenara antes de engullir cada buche. La cuenta del
público era una música de fondo que se le antojó
soporífera, y casi estaba quedándose dormido cuando
vio por el rabillo del ojo que el gordo se levantaba de
su silla. Pensó que él también podía ya levantarse,
como había hecho la campeona de la competición
anterior, pero no sabía en qué consistía exactamente el
juego y tal vez su premio fuera mayor si conseguía
aguantar más. Igual le daban una mujer por cada
segundo que aventajara a su rival. También se acordó

de la mujer que lo había besado y estaba seguro de que lo volvería a hacer si acababa con toda la botella. En esos pensamientos andaba perdido cuando la botella se terminó. Incorporó lentamente la cabeza, porque el cuello se le había quedado entumecido, y miró a la concurrencia. Parecían haber estado esperando a que los mirara, porque en ese mismo instante comenzaron a gritar todos a la vez. Los miembros de ambos grupos le gritaban por igual, esta vez todos de su lado. Igual había batido un antiguo récord. Quién podía saberlo con aquellos extranjeros tan raros y sus extrañas aficiones.

Permaneció unos segundos sentado en medio del corrillo, esperando el momento en que le entregaran los premios, pero apareció el hombrecillo y lo acompañó hasta su grupo sin darle nada. Allí todo fueron abrazos y palmadas, pero no era eso lo que él quería. Buscó con la mirada a la campeona femenina, que en el recuerdo se le antojaba cada vez más bella. No la encontró. Entonces las luces se atenuaron, la gente se dispersó y la música comenzó de nuevo a sonar. En unos instantes fue como si nada inusual hubiera sucedido. Gordon deambuló entre la multitud intentando hacer amigas, mas su sociable intención no era recompensada. Se le trababa la lengua y era incapaz de unir dos palabras pero eso no tenía que ser un impedimento porque aquellas extranjeras no le hubieran entendido en ningún caso. En vista de que cada vez se encontraba más espeso, decidió centrarse en su presa más fácil dejando las demás para cuando se despejara un poco.

Unos minutos más tarde estaba un poco desanimado porque no había encontrado a su campeona, porque ninguna otra tigresa se le había arrojado al cuello a pesar de sus insinuantes miradas y porque le dolía el estómago. Reparó entonces en que todavía llevaba sus sándwiches en la riñonera. La abrió torpemente y los sacó. Más que los cuatro sándwiches que había metido, aquello era una única masa de sándwich. Sin duda el concierto había influido en ello. Se comió el pegote de tres bocados y decidió salir a la calle porque dentro de la discoteca no acababa de despejarse, más bien al contrario.

En la puerta de salida encontró a la campeona. Intentó hablar con ella, pero estaba tumbada en el suelo con los ojos cerrados y un par de amigas suyas que trataban de reanimarla no le dejaron acercarse, e incluso intentaron de muy malos modos que se fuera.

Él trató de ser amable.

—Mirad niñas —balbuceó— voy a pasar la noche con la campeona que para eso soy el campeón. ¿Os enteráis?

Dicho esto, agarró de un brazo a su pareja pero una de las amigas le apartó de un sopapo la mano y le gritó algo en su estúpido idioma. Gordon esperó unos segundos para recobrarse de la sorpresa y mantener el control. Después volvió a hablarles, chapurreando y escupiendo saliva al hacerlo.

—Mira zorra —hablaba muy despacio para que lo entendieran mejor, si es que había alguna posibilidad de que lo entendieran—, como vuelvas a tocarme, te corto la mano... —en ese momento perdió el hilo de lo que estaba diciendo y pasó unos segundos balanceándose y dando vueltas con los ojos, sin lograr enfocar. Finalmente se repuso—... Te corto la mano. Soy el campeón y por lo tanto mi trofeo es la campeona. Pero si quieres te dejo subir a ti también —esto lo añadió con amable generosidad y se le quedó mirando de forma interrogativa. Sin embargo, ella no dijo ni pío, sólo parecía retarle con la mirada.

Sin duda era lesbiana.

Gordon volvió a intentar agarrar a su chica, pero la lesbiana empezó a chillar a un volumen de récord Guinness y rápidamente aparecieron varios empleados del hotel.

—¿Qué ocurre aquí?

—Esta lesbiana no me deja llevarme a mi chica —dijo Gordon intentando resolver la situación y señalando más o menos hacia la amiga de la campeona.

Los empleados miraron un tanto desconcertados a las chicas y a la elegante aunque balbuceante y no muy lúcida presencia de Gordon. Hablaron con ellas en su extraño idioma. Parecían entenderse muy bien. El más subnormal de los empleados, que Gordon creyó reconocer como uno de los recepcionistas de noche, se le acercó con cara de controlar la situación.

—Caballero, la chica parece que no se encuentra muy bien. Vamos a dejarla con sus amigas un rato a ver si se reanima y luego podrá usted hablar con ella. ¿De acuerdo?

Mientras hablaba se le acercaba con las manos un poco adelantadas. Gordon miraba a sus manos con los ojos ligeramente entrecerrados, como diciéndole si me tocas estás muerto.

Tras unos segundos de silencio, respondió.

—Vamos, arréglame el día... Digo alégrame el día, tío mierda.

184

El agresor se detuvo, temeroso de él.

—Por favor, caballero, tranquilícese.

—Tranquilízate tú, basura —dijo mientras se daba la vuelta y se alejaba. Hay que tratar de no entrar al trapo en los conflictos y Gordon era un hombre pacífico, como ya sabemos.

Nadie se atrevió a añadir nada más y Gordon se fue dando tumbos hasta la puerta del hotel. Salió a la calle y se apoyó en un coche. Desde donde estaba podía ver a través de las cristaleras el interior del hotel y la entrada de la discoteca, pero a él no podían verlo porque estaba en la sombra. Esperó ahí un buen rato, en el transcurso del cual salieron tres o cuatro grupitos con síntomas de embriaguez pero bastante verticales. Él no estaba muy seguro de poder seguir manteniéndose vertical cuando se apartara del apoyo de los coches.

A los quince minutos se presentó su ocasión.

Las amigas de la campeona se pusieron en pie y ésta se incorporó hasta quedar sentada con la cabeza apoyada entre las rodillas. No abría los ojos pero al menos parecía viva. Sus amigas la increparon durante un rato, con cara de lesbianas cabreadas, y se metieron en el interior de la discoteca, quién sabía si para volver o no. Gordon no iba a quedarse esperando para averiguarlo. Se apartó de su apoyo y cayó al suelo, pero se incorporó inmediatamente, entró corriendo en el hotel y trató de poner en pie a su campeona. Como no lo consiguió, la cogió de un brazo y tiró de ella consiguiendo arrastrarla a través del vestíbulo hasta los ascensores, metiéndola dentro de uno de un último tirón.

Parecía que estaba muerta.

Cuando las puertas del ascensor se cerraron, todavía no había rastro de las amigas lesbianas ni de ninguno de los empleados entrometidos. No pudo evitar que se le escapara un grito de triunfo. La campeona gimió y él le habló suavemente.

—Tranquila preciosa, que ya te he librado de tus amigas.

Ella no parecía muy alegre y la verdad era que Gordon tampoco se encontraba demasiado bien. La mitad de las veces que se cayó al suelo mientras la arrastraba por el pasillo hasta su habitación, tuvieron más que ver con el alcohol que había ingerido él que con el que había bebido ella.

Una vez dentro de la habitación, siguió arrastrándola hasta llegar a los pies de la cama y se sentó en el borde. La campeona ni siquiera había abierto los ojos, y a la luz de la habitación, tirada de mala manera en el suelo, resultaba mucho menos atractiva que en la discoteca. Gordon se echó para atrás y cerró los ojos. Cayó en un sopor agradable que rápidamente fue empeorando hasta volverse insoportable. El mundo giraba alrededor de él y sentía que estaba todo el tiempo a punto de caerse de la cama a pesar de que tenía una mano y los dos pies apoyados en el suelo, a modo de ancla.

Cuando no pudo aguantar más se incorporó. Estaba empapado en sudor. Se levantó con la intención de ir al baño y cayó al suelo al chocar con la mujer que yacía en el suelo y a la que ya había olvidado. Desde el suelo la miró durante un rato, sopesando las alternativas. Al final hizo lo que más le apetecía y que juzgó más

186

razonable. La agarró de una mano y volvió a tirar de ella hasta sacarla de la habitación. Le costó moverla mucho más que al entrarla.

Tras cerrar con dificultad la puerta de la habitación, pues la mujer ocupaba parte del umbral, hizo unos sándwiches para asentar un poco el estómago. Los comió y se asomó a la terraza a respirar un poco de aire fresco. Después de la tercera bocanada, le sobrevino una arcada de tal dimensión que los sándwiches salieron proyectados como si su esófago fuera el cañón de un rifle. Una buena cantidad de ron los acompañó.

Le hizo bastante gracia el ruido que hizo su vómito al chocar con las tumbonas y con el agua de la piscina.

—Que se jodan —musitó alegremente.

El vómito le alivió bastante y de pronto se sentía otra vez con ganas de fiesta. Intentó mirar la hora pero le resultó imposible enfocar los dos relojes que veía en la muñeca. Cerrando un ojo ya sólo veía uno, pero tampoco conseguía fijar la imagen. Daba igual. La habitación tenía que abandonarla en teoría antes de las doce del día siguiente, pero no por eso iba a reprimirse.

Cogió la botella de whisky y le dio un trago que le produjo una nueva arcada; consiguió contenerla, se metió la botella en la riñonera y abrió la puerta de la habitación. La cabeza de la mujer hizo un ruido sordo al golpear contra el suelo enmoquetado, debía de haberse quedado apoyada contra la puerta. Otra vez parecía que estuviera muerta. Podría traerle complicaciones a Gordon si la encontraban allí. Incluso en el caso de que no estuviera muerta. Apeló a su ingenio para resolver aquella situación y, una vez más, la arrastró por los pasillos del hotel, esta vez de las piernas, con la falda grotescamente subida. Cada vez parecía más pesada.

La metió en un ascensor y se metió el también. Seleccionó el piso y subió con ella hasta la última planta, en la que no había habitaciones, sólo una cafetería que ya llevaba varias horas cerrada. La sacó del ascensor y la abandonó sobre una alfombra. Si no estaba muerta tampoco estaría tan mal allí. Y si estaba muerta, le daría igual un sitio que otro.

Bajó a la recepción y se dirigió a la discoteca pero estaban cerrando y no lo dejaron entrar a pesar de su insistencia. Tampoco pudo convencerles porque su argumentación se veía debilitada por el hecho de que era incapaz de pronunciar una sola palabra que pudiera entender él mismo. En vista de que las palabras no surtían efecto, trató de colarse aprovechando un despiste, pero lo pillaron y lo echaron de malos modos. Estaba ya hasta las narices de aquel hotel de delincuentes desarrapados e insociables. Desde que había llegado no habían hecho otra cosa que tratarlo de la forma más desconsiderada posible. Aquello no se arreglaba con una queja y además lo más seguro era que a la dirección del hotel le diera igual y que tuviera compradas a las autoridades. Lo mejor sería prenderle fuego al hotel, pensó echándose mano al bolsillo. No encontró ningún mechero, por lo que se dirigió a las personas que salían de la discoteca.

—¿Tienes fuego? —trató de decir.

La gente se reía de él. Debían de estar todos borrachos.

—Os voy a prender fuego a todos, cabrones —intentó decir, arrebatado de justa indignación.

Como no había manera de conseguir que alguien le proporcionara el fuego necesario para envolver en llamas el maldito hotel, volvió a rebuscar en los bolsillos. Encontró las llaves del coche y tuvo una nueva idea: Entraría por las cristaleras con el coche y destrozaría la recepción. Lo había visto en alguna película. Y con un poco de suerte el coche se prendería fuego y el hotel se iría al infierno.

Sintiendo que encarnaba la justicia divina, se fue dando pasitos irregulares por la calle, soltando risitas con las llaves del coche en la mano. Cuando llegó donde lo había aparcado cayó dentro y reposó unos minutos saboreando el momento.

Había llegado la hora de la venganza definitiva.

Abrió la riñonera y sacó la botella de whisky. Acabó con todo su contenido de un largo trago, recordando sus habilidades recién descubiertas, y lanzó la botella por los aires. Al caer se hizo añicos contra el capó de su propio coche después de describir una parábola casi exclusivamente vertical que a punto estuvo de abrirle la cabeza. Tras contemplar durante unos minutos su obra con la mente en blanco, consiguió centrar los pensamientos y, tras incorporarse, trató de arrancar el coche. Después de diez minutos de infructuosos intentos consiguió meter la llave en la cerradura. Como le era imposible enfocar y dejar de ver doble, para poder introducirla tuvo que cerrar los ojos e intentarlo a tientas.

Metió la primera marcha y aceleró. Al cabo de un rato se dio cuenta de que no se movía porque no había arrancado el coche. Después, al girar la llave para arrancar olvidó desengranar la primera o pisar el embrague y el coche dio varios saltos hacia delante hasta golpear al siguiente de la fila. Hubo una pequeña explosión a la vez que se oía ruido de cristales rotos. Acto seguido se oyó un silbido sospechoso que le hizo intentar bajarse del coche para ver qué ocurría, pero como no fue capaz de salir asomó la cabeza a ver si averiguaba algo.

En la rueda delantera izquierda parecía haberse clavado el cuello de la botella de whisky y se deshinchaba rápidamente. Por otra parte, el coche contra el que había golpeado tenía los focos traseros rotos. Le daba todo igual. Nada de aquello afectaba a su plan de impartir justicia.

Arrancó por fin y metió la marcha atrás. Al golpear al coche de detrás volvió a oírse ruido de cristales rotos. Esta vez se rompieron los focos de ambos coches. Giró el volante, metió la primera y salió de un brinco. Enderezó el coche y aceleró a fondo. Al meter segunda, se dio cuenta de que no había enderezado lo suficiente porque un chirrido metálico y un traqueteo le indicaron que estaba rozándose contra los coches de su derecha. Rectificó y volvió a acelerar a fondo. Su objetivo estaba cada vez más cerca, le quedaban trescientos metros de calle de dos carriles, un pequeño cruce en el que tenía preferencia, cincuenta metros de calle de un solo carril y luego un giro brusco a la izquierda, entrando en la acera por la entrada del garaje del hotel, que siempre estaba libre de coches, y el impacto contra la luna principal del más infame hotel de Mallorca, el Sayonara. Dudaba si darle al claxon antes del golpe o no. No sabía qué causaría más pánico. Metió tercera y siguió acelerando a fondo, oyendo cada vez más veloz el golpeteo contra el asfalto del cristal clavado en la rueda.

Ya solo le quedaban cincuenta metros para el cruce; el motor iba a tope de revoluciones e iba a meter la cuarta marcha, pero decidió seguir en tercera para tener más fuerza en caso de imprevisto y porque a esas revoluciones el coche hacía un ruido imponente. Por su borrosa mirada se cruzaban imágenes de Atila y sus hordas de hunos y de su garganta comenzó a brotar una mezcla de risa demente y rugido justiciero.

La calle se estrechaba después del cruce, pasando de dos carriles a uno. Entrecerró los ojos para enfocar el carril bueno porque tenía que centrar la trayectoria e iba dando volantazos. Le pareció que ya lo tenía, pero en el último momento le entró la duda y justo en el cruce dio otro volantazo. El lateral derecho golpeó casi de lleno contra el coche aparcado en la esquina y el todo terreno de Gordon rebotó directamente contra el segundo coche de la izquierda en medio de un tremendo estruendo. Ese último impacto fue muy fuerte y su coche quedó incrustado en el que estaba aparcado, partiéndolo prácticamente por la mitad. A Gordon lo salvaron sus fuertes músculos abdominales, pero no pudo evitar romper el parabrisas con la cara. Por suerte el parabrisas ya estaba casi desprendido y no se rompió ningún hueso, si bien la nariz comenzó a sangrarle profusamente.

Bajó del coche lo más rápidamente que pudo y echó a correr en dirección contraria a la del hotel, alejándose unas cuantas manzanas sin detenerse hasta que su organismo llegó al límite, y entonces rompió a vomitar a cuatro patas a la vez que trataba de recuperar el resuello. Casi se ahoga, pero logró sobreponerse y al mirar a su alrededor encontró una fuente. Se acercó gateando y se lavó la cara y las manos, que llevaba manchadas de sangre y mugre. La camisa también estaba bastante manchada; se la quitó e intentó lavarla para disimular la sangre sin conseguir ningún resultado.

Volvió al hotel casi dos horas después, dando un gran rodeo. Se acercó desde la esquina contraria y precavidamente pudo ver que el coche ya no estaba donde había chocado. La grúa debía de haberlo retirado.

Consiguió entrar en el ascensor sin que nadie lo viera, aprovechando un momento en que no había ningún recepcionista, y subió hasta su piso. Cuando salió del ascensor pudo comprobar que su subconsciente le había hecho una jugarreta. Enfrente de él se hallaba la campeona, tumbada como él la recordaba, como él la había dejado. Había presionado el botón del último piso y se hallaba en la cafetería superior. En la penumbra se distinguía perfectamente el cuerpo de la mujer pero, aunque Gordon se fijó con curiosidad, desde donde se encontraba no se podía apreciar si estaba viva o no. Apretó con mucho cuidado el botón de su piso y las puertas se cerraron sin que llegara a advertir signo alguno de vida.

Ya en su habitación, se dejó caer sobre la cama, físicamente destrozado y mentalmente deshecho. La tensión de las últimas horas dio paso a un agotamiento que lo golpeó como un mazazo. Antes de caer rendido fue al baño a lavarse las heridas y se echó un vistazo. Tenía una pinta espantosa. Su aspecto reflejaba muy bien cómo se sentía. Inesperadamente, mientras se observaba, lo recorrió un sentimiento de intensa cólera hacia todas las personas del hotel, tanto clientes como empleados del inmundo Sayonara. Eso le insufló nuevas fuerzas y volvió al dormitorio dispuesto a algo, no sabía a qué.

Al poco recordó la bolsa de arena que había traído de la playa. La sacó del armario y volvió al baño dando tumbos. Una vez allí, atascó con la arena el lavabo, la bañera y el váter. Después de eso, salió a la terraza y empezó a orinar hacia la piscina, pero tuvo una nueva idea y se contuvo cuando todavía tenía unas buenas reservas en la vejiga. Entró de nuevo en la habitación y abrió las tres botellas de cerveza del minibar utilizando la técnica de la toalla, como había hecho días atrás con las de agua con gas, si bien esta vez las chapas quedaron bastante peor. Se bebió el contenido y las rellenó de orina. Todavía le sobró un poco para rellenar los botecitos de jabón del cuarto de baño. Después desenroscó todas las bombillas menos una y las metió en una bolsa. Acababa de recordar que en casa tenía varias fundidas. Más tranquilo, se metió en la cama después de poner la alarma y eso le recordó la cercana presencia de sus queridos compañeros de piscina. Descolgó el teléfono y marcó primero el número de la habitación de enfrente y después el de la de al lado. En la de enfrente simplemente colgaron, pero la fiera de la habitación de al lado, tras una vacilante contestación, empezó a gritar como si se la llevaran los diablos. Gordon no pudo contenerse y le gruñó un poco antes de colgar. Tuvo que taparse con la almohada para que no se oyeran las risas que le provocaron durante varios minutos los gritos provenientes del otro lado de la pared. Después se durmió con una sonrisa en los labios.

Amanecía.

SÁBADO 19 DE JUNIO

Al cabo de un largo rato el malestar que había transformado su sueño en una pesadilla de angustia y dolor lo despertó del todo. Las nauseas eran casi tan tremendas como el dolor de cabeza y no pudo alcanzar el váter antes de la primera arcada. El contenido de su estómago pasó a las paredes de la habitación, a la puerta del baño, al suelo y por fin al lavabo. Tenía el estómago hasta los topes y en pocos segundos había llenado a medias el lavabo atascado de arena. Se trasladó al váter y lo llenó también con una buena cantidad de un líquido repugnante. Las siguientes dos horas, hasta que sonó la alarma, fueron tan desagradables que resultan indescriptibles. Para entender la situación de Gordon, bastará con decir que pensó en aprovechar que estaba despierto para volver a llamar a su vecina y no consiguió reunir fuerzas para hacerlo.

Cuando sonó el despertador, tardó diez minutos en llegar arrastrándose desde el baño hasta la cabecera de la cama y poder desconectarlo. Adoptó tras mucho esfuerzo una posición casi erguida y miró alrededor. Tenía tres cuartos de hora para abandonar la habitación y no podía demorarse porque aquello parecía la guarida de un psicópata, y si entraba una camarera o alguien que viniera a decirle que tenía que

195

abandonar la habitación no iba a resultar fácil dar explicaciones. Aparte de la apariencia de la habitación y del cuarto de baño, no sabía si había dejado una mujer muerta en la cafetería de la terraza, que ya habría abierto, y había estrellado un coche contra otros varios a pocos metros del hotel. Todos esos recuerdos fueron abriéndose paso dolorosamente dentro de su cabeza. Le inquietaba que hubiera alguno más que no recordara.

Tenía que apresurarse.

Entre vómito y vómito consiguió llenar las maletas, pero la mitad de las cosas no cabían porque no pudo entretenerse en doblarlas ni en ordenarlas. Tuvo que utilizar las bolsas del supermercado y cogió una manta del armario en previsión de que tuviera que hacer un hatillo, como en el viaje de ida.

A las doce en punto, después de otra serie de vomitonas que acabaron por desbordar el lavabo y provocar una desagradable cascada, salió de la habitación. Arrastró pesadamente todo su equipaje por el pasillo y lo metió en un ascensor. En recepción había bastante gente registrándose y entregando llaves. Al cabo de un minuto se puso nervioso. No tenía nada que ocultar, pero la iniquidad de aquellas gentes había hecho que sus mutuas relaciones se estropearan y que pudiera esperar cualquier cosa de ellos. Un minuto después no pudo más y se fue sin entregar la llave. No podía arriesgarse a que le echaran en cara no haber podido contener a su estómago después de la fiesta que ellos habían organizado y en la que lo habían emborrachado vilmente.

Cogió un taxi, echando de menos el coche que tan bien le había venido y que en ese momento no recordaba si era un coche de alquiler o de dónde podría haber salido, y se dirigió directamente al aeropuerto. El avión de regreso a su tranquila ciudad no salía hasta cuatro horas más tarde, pero tenía muy pocas ganas de hacer más turismo y, por una vez, tampoco le apetecía disfrutar de experiencias gastronómicas.

Consiguió llegar hasta el aeropuerto sin vomitar, pero una vez allí se pasó diez minutos en el cuarto de baño. Antes de salir se miró al espejo y, tras unos instantes de consideración, decidió que era imposible disimular las heridas, hinchazones, morados, ojeras, quemaduras y ojos inyectados en sangre. Se dirigió penosa y tristemente al mostrador de facturación consciente de su terrible y nada distinguido aspecto.

El empleado le dirigió una mirada impertérrita y después se estiró para recoger el billete que le alargaba Gordon con dificultad. Tras un brevísimo vistazo, resopló como si le hubieran interrumpido una tarea muy importante por una estupidez, y arrojó desdeñosamente el billete delante de él.

—Este vuelo está cancelado.

Para incredulidad de Gordon, no añadió nada más. A Gordon le entraron unas enormes ganas de golpearlo en la cabeza con algo muy grande.

—Oiga, perdone que lo moleste —dijo con su característica amabilidad—. Si el vuelo está cancelado, cuénteme cual es la alternativa que me proporcionan para llegar a mi destino.

El empleado lo miró como si no pudiera creerse que lo molestara una segunda vez por semejante idiotez.

—Vaya al mostrador de relaciones públicas de la compañía y que se lo solucionen allí.

Gordon contuvo una vez más su lógica exasperación y se alejó sin decir nada más, empujando pesadamente su sobrecargado carrito que casi no le permitía ver lo que había delante de él. Aquel jovencito se merecía un escarmiento, pero Gordon no se encontraba en condiciones de administrárselo.

Antes de ir al mostrador de relaciones públicas visitó de nuevo el baño. Por un momento le pareció que iba a desmayarse, pero eso hubiera implicado perder el vuelo y quedarse en esa isla donde debían de buscarle por delitos de los que no tenía la culpa. En el caso de que la campeona no estuviera muerta, seguro que si conseguía regresar a su ciudad no lo extraditarían por las otras cosillas.

Para despejarse se lavó la cara y bebió un poco de agua, pero esto último fue un error y el agua ingerida fue rápidamente expulsada en el mismo lavabo.

Cuando llegó al mostrador de relaciones públicas quedaban dos horas y media para la hora teórica de salida de su vuelo original. La gente que había delante de él parecía bastante cabreada y las chicas que atendían daban la impresión de agobiarse mucho y no resolver nada. Después de veinte minutos de espera tuvo que ir otra vez urgentemente al baño y cuando regresó había más gente que antes. No se sintió con fuerzas para discutir y se puso de nuevo al final de la cola.

Tardaron casi una hora en atenderlo. A esas alturas Gordon estaba apoyado con los brazos extendidos sobre la carga de su carrito, la cabeza metida entre las bolsas de plástico, sudando copiosamente y babeando por la boca entreabierta a través de la cual dejaba escapar continuos resoplidos.

—¿Usted qué quiere? —le espetó casi histéricamente la niña que lo atendió.

Gordon salió de su agónico letargo.

—Tengo este billete y me han dicho que el vuelo está cancelado —tuvo que callarse un momento para reprimir una arcada.

—Bueno, ¿y qué?

—¡Cómo que "¿y qué?"! ¡Cómo que "¿y qué?"! —hizo una pausa para contener una nueva arcada—. ¡Que yo he comprado un billete de ida y vuelta y no pienso quedarme aquí! ¡Que me diga cómo voy a volver! ¡Que me lo solucione, leches!

—Bueno, no se ponga así, ¿eh? —dijo la niña tomando el billete—. Pues sí, está cancelado. Va a tener que intentar tomar el siguiente vuelo. Yo le pongo aquí el cambio y vaya al mostrador de facturación a que le den la tarjeta de embarque.

A Gordon le pareció sospechosa tanta efectividad repentina, pero prefirió intentarlo por las buenas. Cogió su billete modificado y se dirigió de nuevo al mostrador de facturación del empleado desdeñoso.

—Buenas tardes, a ver si hay suerte con este otro avión.

—Déjeme ver... Este vuelo tiene *overbooking*, además de retraso. Si quiere le doy una tarjeta de embarque de *overbooking*, pero le garantizo que no va a volar —dicho lo cual, le regaló una sonrisa como si acabara de dirigirle las más amables palabras.

Gordon parpadeó varias veces antes de reaccionar. Por un momento hasta se olvidó de su malestar físico.

—Bien, y si no voy a volar tampoco en éste, ¿cuándo y cómo voy a regresar?

—No tengo ni idea, yo me limito a decirle cómo son las cosas. A partir de aquí es cosa suya o de alguien que pueda ayudarlo, pero desde luego no es problema mío.

A pesar de los esforzados intentos de Gordon, el empleado no cayó fulminado bajo su mirada, y tuvo que retirarse prometiéndose a sí mismo que se vengaría de aquella persona aunque fuera después de muchos años. Había memorizado el nombre que colgaba de su camisa.

Durante cinco minutos vagó por el aeropuerto sin tener las ideas muy claras, bastante desesperado. Después, estuvo otros diez minutos tratando de quitarle a alguien su tarjeta de embarque, pero no se le presentó ninguna oportunidad. Por último, concluyó que o conseguía meterse cuanto antes en un avión que lo llevara a su casa o moriría en pocas horas, por lo que tomó una decisión drástica: Compraría un billete de regreso en otra compañía.

Se dirigió a la oficina de ventas de la primera compañía conocida que vio y dijo que quería comprar un billete, que con el que tenía no le dejaban volar.

—Déjeme ver —dijo amablemente la señorita que lo atendió.

Echó un vistazo al billete que Gordon le extendía, consultó la pantalla, afirmó varias veces con la cabeza y le dijo:

—En este billete le han hecho un cambio para otro vuelo que tiene *overbooking* y en el que seguramente no vaya a poder volar. Lo que podemos hacer, si quiere, es darle una plaza en un vuelo nuestro que sale dentro de media hora. Además, las tarifas son equivalentes y no tendría que pagar nada. El problema es que la facturación ya se ha cerrado y tendría que viajar usted sin equipaje. Puede preguntar a su compañía si le permiten embarcar las maletas en su vuelo original, que sale dentro de una hora. Todavía admitirán equipaje pero tendrá que darse mucha prisa.

—Perdone. ¿Ese vuelo no está cancelado?

Ella negó con la cabeza.

—Igual estaba cancelado y lo han vuelto a abrir, pero también tiene *overbooking* y no le van a dejar entrar. Además, ya le han hecho el cambio y ha perdido la plaza. Ya le digo, lo que puede intentar es que le admitan allí el equipaje.

—Bien, bien, así lo haré. Dese prisa.

—A ver... Espere un momento... Aquí tiene. Vaya cuanto antes a la puerta de embarque.

—Muchas gracias —dijo Gordon antes de salir disparado de nuevo hacia el mostrador de facturación de su compañía original.

Iba a poner las cosas en su sitio.

—Buenas tardes, mi despreciativo amigo —dijo tras esperar a que facturara una pareja—. Van a admitir mi equipaje en su precioso avión, ¿verdad?

Mientras decía esto iba colocando sus bultos en la cinta de equipajes. El baúl lo agarró disimuladamente y lo mantuvo un poco alzado para que la báscula no reflejara su peso real.

El empleado le regaló la sonrisa más despectiva y arrogante de su repertorio mientras le apartaba la mano del baúl.

—Déjeme ver... Sesenta y ocho kilos, no está nada mal. Este equipaje no entraría en el avión ni aunque fuera usted el comandante y el dueño de la compañía a la vez.

Gordon, atónito, empezó a mirar alrededor para ver si alguien más estaba contemplando aquella escena. El inconcebible personaje seguía hablando.

—... en cualquier caso no puedo admitirle ni una bolsita. El avión va totalmente lleno y...

La bolsa más pesada de Gordon describió una graciosa parábola y cortó el molesto discurso de golpe, nunca mejor dicho. El empleado quedó inconsciente sobre el teclado del ordenador. Gordon actuó todo lo rápido que pudo y empezó a colocar en sus maletas las mismas etiquetas y pegatinas que había visto colocar en las maletas de los que habían estado delante de él en el mostrador de facturación y sí iban a volar. Según les colocaba las etiquetas, iba lanzando los bultos hacia la cinta que arrastraba el equipaje. Cuando le llegaba el turno a las bolsas de plástico vio acercarse a una pareja de ancianos. Amontonó en el carrito lo que todavía le quedaba por facturar y se alejó de allí. Los ancianos lo miraron con curiosidad.

—Se ha quedado tan dormido que no he podido despertarlo, será mejor que vayan a otro mostrador.

Antes de que descubrieran que había noqueado a quien tanto se lo merecía, salió corriendo hasta la puerta de embarque que le había indicado la única persona amable con la que se había encontrado en el aeropuerto; en cualquier aeropuerto, si exceptuamos al entrañable señor Austin. Al llegar a la puerta de embarque tuvo que repetir parcialmente la operación del viaje de ida y en los lavabos preparó un hatillo tremendo con el contenido de las bolsas. Prefirió recargar el hatillo antes que tener que ponerse él más ropa. Tal y como se sentía, no creía poder sobrevivir a un viaje como el de la ida.

La azafata de la puerta de embarque, una rubita cuya evidente falta de experiencia Gordon consideró favorablemente, lo contemplaba boquiabierta.

—Pero... caballero... no puede meter todo eso en el avión.

—Vamos señorita, no sea rígida. Siempre viajo igual y me lo coloco encima, no hay ningún problema —a pesar del tono de despreocupada seguridad, Gordon era consciente de que su cara era un poema dramático.

La azafata miró alrededor como si buscara una ayuda que no le llegara. Parecía que no estaba acostumbrada a tener que tomar decisiones ella sola.

—Bueno, está claro que no podemos meter eso en la bodega porque se desharía. Venga, entre y trate de ocupar lo menos posible —se mordió los labios con expresión de temer estar cometiendo un error.

Último obstáculo solucionado. Gordon dio gracias a Dios y avanzó con su voluminosa carga.

La mayoría de la gente ya estaba sentada y el avión iba prácticamente lleno. Tuvo suerte de que le hubieran asignado un asiento en el que tenía algo más de espacio de lo normal, y además con el asiento de al lado vacío. Colocó en él el enorme hatillo y se relajó por fin, sintiéndose al borde del desmayo según liberaba toda la tensión acumulada.

Al distenderse volvieron las nauseas. Estaba a punto de vomitar a la vez que buscaba una bolsa de mareo, cuando se paró a su lado una azafata que acompañaba a una mujer y a un niño.

—Van a tener que ir separados —le decía a la mujer—, a menos que al caballero no le importe cambiarle el sitio a usted y así podrían viajar juntos.

Tanto la azafata como la mujer lo contemplaban ahora con una sonrisa bobalicona. El niño, de seis o siete años, se limitaba a hurgarse la nariz.

—Lo lamento de veras —dijo Gordon—. Dada mi corpulencia me resulta fundamental disponer de un poco más de espacio de lo normal, y esta fila es más amplia que las demás. Pero no se preocupe señora, si quiere puede dejar aquí al niño y le aseguro que me ocuparé de él. Lo cuidaré como si fuera mío —dicho lo cual, les dirigió la mirada más paternal que pudo componer.

Pareció que con eso a la mujer se le despejaban parte de las dudas que tenía, aunque seguía mirando los accidentes de su cara con cierta extrañeza.

—Qué bien. ¿Tiene usted hijos?

—Tres —mintió Gordon.

—De acuerdo, aquí le dejo entonces a mi Arturito. Pero, ¿dónde va a meter usted su... bulto?

—Bah, tranquila, ocupa mucho menos de lo que parece. Ahora me lo pongo yo entre las piernas.

Gordon se levantó para que entrara el niño y apartó el hatillo, tras lo cual la criatura se sentó en el asiento de la ventana.

—Arturito, cariño —dijo la madre—. No molestes a este señor tan amable, y si quieres cualquier cosa me la pides que estoy ahí detrás —señaló a un par de filas de distancia.

La madre se fue y Gordon tomó asiento colocándose el hatillo encima del cuerpo, porque entre las piernas no cabía ni mediante milagro. La presión sobre el estómago le producía nauseas, aparte de un sofoco tremendo. Miró hacia atrás y vio que la madre no podía verlos desde donde estaba. Con gran esfuerzo, se quitó el hatillo de encima y lo colocó sobre el niño. Éste puso cara de perplejidad mientras con los brazos totalmente abiertos daba un imposible abrazo al hatillo, que abultaba el doble que él.

—Anda niño, sujétame esto un rato que tú eres más pequeño y tienes mucho más espacio.

Acto seguido, cogió una bolsa de mareo y vomitó largamente mientras el avión daba vueltas por las pistas esperando su turno de despegue.

Media hora más tarde, cuando por fin despegaron, el fastidioso niño comenzó a dar la matraca.

—Señor, señor, que me ahogo.

Resultaba innegable que sudaba un poco, pero seguro que se encontraba mucho mejor que Gordon. Era improbable que ese mocoso hubiera quedado campeón en un concurso de bebida el día anterior. Gordon lo miró un rato pensativo y luego amagó un par de arcadas hacia Arturito sacando la lengua y abriendo mucho los ojos. El niño cerró con fuerza los párpados y la boca y se quedó callado. A los pocos minutos se durmió. Gordon se sintió mucho mejor después de tomarse el refresco que le ofrecieron y el que pidió para el niño. Como el angelito dormía no quiso despertarlo.

Cuando anunciaron que comenzaban el descenso al aeropuerto de destino, le entró hambre y decidió comer un poco de mortadela. Había puesto en la parte superior del hatillo la bolsa que la contenía, para tener acceso más rápido a ella, y no tuvo ni que deshacer el nudo para coger un par de puñados. El niño gimió un poco mientras él manejaba el hatillo. Como no tenía servilletas, tuvo que limpiarse en el faldón del jersey de Arturito.

Nada más aterrizar volvió a colocarse el hatillo encima. El niño no se movió. De repente le entró el temor de que hubiera muerto. Observándolo un poco más atentamente vio que, aunque tenía muy mala cara, no parecía muerto. Sólo le hubiera faltado eso. Otra muerte relacionada con él de la que no tenía la culpa. A ese paso iba a acabar siendo juzgado por asesino en serie.

Abanicó un poco al niño con la mano antes de salir. Sin duda estaba vivo. Se fue antes de que la madre pudiera llegar a su altura, y mientras salía del avión la pudo oír débilmente.

—¿Arturito, qué te pasa, cariño? ¿Te encuentras mal? —preguntaba con exagerada angustia de madre.

No hubo más incidentes. Las maletas habían volado con la otra compañía y salieron por las cintas de equipaje a los diez minutos de aterrizar, recuperando así todos sus bultos. El taxista lo miró con hosquedad, pero se contentó con cobrarle suplementos descomunales. A las diez de la noche pudo dejarse caer en su cama, sin fuerzas para desvestirse ni para deshacer el equipaje, y cayó en un sueño inquieto en el que la policía lo perseguía, acusándolo de haber matado al presidente Kennedy.

DOMINGO 20 DE JUNIO

El domingo fue un día para olvidar. Por la mañana pensó que se encontraba mejor y engulló toda la mortadela que le había sobrado. Se debía de haber puesto mala al no haberla guardado en la nevera, pues le entraron unos retortijones terribles a los diez minutos de acabar la última rodaja; o el último pegote, porque a esas alturas las rodajas eran indistinguibles y aquello era más bien una plasta de mortadela caliente y ácida.

Debido a ese desafortunado incidente no salió de casa; tampoco consiguió desvestirse y pasó todo el día entre la cama y el cuarto de baño, sin fuerzas siquiera para recordar con alegría las hazañas vacacionales.

LUNES 21 DE JUNIO

Lunes, día de trabajo.

Día del reencuentro con Marta Ellis, su añorada Marta.

No sabía exactamente cómo, pero sí sabía qué iba a pasar, y estaba nervioso como un chiquillo mientras se arreglaba para lo que consideraba más una cita importante que una jornada laboral.

Ya estaba prácticamente recuperado. Las vacaciones eran unos tenues recuerdos, un tanto irreales, y un ligero malestar en el estómago y en la cabeza. Esa noche había dormido aceptablemente y se había levantado un poco tarde. Le entró la tentación de no ir a trabajar para recuperarse del todo, pero Marta estaría esperándolo ansiosa y él también ansiaba verla. Así pues, a las once de la mañana entraba en su despacho con sus mejores galas y una sonriente expresión de seguridad y triunfo.

Peláez y Marta lo miraron con curiosidad. Estaban trabajando juntos en el ordenador de Peláez, igual que cuando Gordon se fue.

—Buenos días Peláez. Buenos días, Marta —este último apelativo familiar lo dijo cambiando el tono de voz y acompañado de una mirada cómplice.

—Buenos días Gordon —dijo Peláez—. ¿Qué tal las vacaciones?... ¿Pero qué te ha pasado en la cara? ¿Te has quedado dormido en la playa... y te has dado un golpe en la nariz? Tu nariz tiene un aspecto muy raro.

Marta emitió una tímida risita y Gordon dedicó una mirada asesina a Peláez. No era necesario que tratara de focalizar la atención de Marta en su nariz y en su piel requemada.

—Sí, bueno. Un pequeño accidente. ¿Os habéis apañado bien sin mí?

—Claro, estupendamente. Marta ya controla el programa igual o mejor que yo. ¿Verdad Marta? —preguntó con alegre familiaridad.

La muy tonta volvió a reírse.

—No tanto, no tanto.

—Bien —dijo Gordon. Después se quedó callado, igual que los demás. No le hacía gracia el tratamiento familiar que Peláez dispensaba a Miss Ellis.

Tras unos segundos de vacilación fue a su mesa, sacó unos cuantos montones de reclamaciones del armario y se quedó sentado detrás de ellos, observando la escena que se desarrollaba en el otro lado del despacho. No sabía muy bien qué era lo que había esperado que ocurriera al llegar, pero se sentía un poco defraudado, desilusionado.

Peláez y Marta parecían muy unidos trabajando y él se encontraba descolocado, como si formara parte del decorado y no de la obra que estaba teniendo lugar alrededor de él, al margen de su actuación.

Trató de desechar esos pensamientos y esperar a la hora de la comida para sacar algo más en claro. Entretanto se dedicaría a su proyecto. Tenía la intención de presentarlo lo antes posible. Las experiencias de las vacaciones le habían dado nuevas ideas sobre las personas a las que era un error venderles un electro-doméstico, o cualquier otra cosa. Sentía que había ahondado aún más en el profundo conocimiento de la psicología humana que ya tenía antes de partir.

A la hora de la comida, no sabía muy bien porqué, decidió hablar con Peláez de sus intenciones íntimas.

—Peláez, quédate un momento en el despacho, que quiero comentarte una cosa.

—Muy bien. Marta, ve cogiendo mesa en el comedor que ahora mismo voy.

—Vale. Hasta ahora.

Marta saludó graciosamente con la mano y salió del despacho con ese andar tan saleroso que enloquecía a Gordon. Se quedó mirándola hasta que desapareció de la vista y después se dispuso a hablar.

—Peláez —dijo volviéndose hacia su compañero y poniéndose muy serio—. Quiero hablarte de Marta.

—Ah. Muy bien —respondió Peláez bajando la mirada y poniéndose rojo como la grana.

—Es evidente, Peláez, que la señorita Ellis es una criatura encantadora, y es lógico que una persona que comparta con ella su tiempo, aunque sea en una fría oficina, tiene que ser de piedra para no sucumbir.

El anormal de Peláez bajaba cada vez más la cabeza, hasta el punto de que parecía que se le iba a partir el cuello. Gordon empezó a dudar de que fuera la persona más indicada para compartir nada con él. Buscaba otra opinión y un poco de camaradería, pero el perfecto imbécil que tenía delante lo único que hacía era mirarse los pies, que movía nerviosamente, en vez de decirle algo.

—Peláez escúchame, leches, que pareces imbécil.

—Perdona Gordon, pero es que no sé que decir. No sabía que fuera tan evidente. Eres una persona muy perspicaz —se comportaba como un adolescente pillado en falta mientras encadenaba una absurdidad tras otra—. Acabas de llegar después de estar una semana fuera y ya has hecho una radiografía exacta de la situación.

—Déjate de gilipolleces. ¿Qué carajo estás diciendo? —con tanta divagación imprecisa le estaban entrando ganas de abofetearlo, pero se contuvo.

Peláez parpadeó varias veces antes de responder. Una sonrisa asomó débilmente a sus labios, pero pareció pensárselo mejor y recobró la seriedad.

—Gordon, no creo que sea para ponerse así. Tú mismo has dicho que Marta es muy... agradable —volvió a ruborizarse—. Yo no lo tenía planeado. No sé muy bien cómo ha sucedido, pero de repente la atracción estaba ahí. Y tampoco creo que esté tan mal que te guste alguien del trabajo, a fin de cuentas la mayor parte del tiempo la pasamos aquí.

—¿Cómo? —preguntó el incrédulo Gordon sin entender si Peláez se refería a sí mismo o a él.

—Pues eso, que sin darme cuenta me fue gustando Marta...

Gordon estalló en una larga y poderosa risotada. Era penosa la inocencia y el atrevimiento del pobre Peláez. El muy atontado se había enamorado de Marta, probablemente sin percatarse siquiera de lo que había entre ellos. La juventud le había jugado una mala pasada. Sentía tener que desilusionarlo pero no había otro remedio, y cuanto antes mejor para todos. Esperaba que se lo tomara bien y que supiera aceptar la derrota como un caballero, que se le hubiera pegado algo de su hidalguía.

—Ay, pobre Peláez —dijo secándose las lágrimas que se le habían escapado en el ataque de risa—. A ti también te ha afectado. No te preocupes, ya te llegará la oportunidad. Y de verdad, a mí no me importa que te guste Marta. Lo único que espero es que no se te haga muy duro vernos juntos todo el día. Igual sería mejor que alguien se cambiara de despacho —reflexionó sobre las implicaciones en tono pensativo—. Sí, va a ser mejor que te vayas del despacho.

Ahora Peláez ponía cara de concentración, frunciendo el ceño, como si tratara de entender algo que se le escapara.

—Gordon, no sé muy bien a qué te refieres —desgranaba lentamente las palabras—. Lo que te digo es que Marta y yo estamos saliendo. La semana pasada nos quedamos todos los días trabajando hasta tarde y al final ocurrió lo inevitable —se animó con el recuerdo—. Pero ya te digo que no creo que tenga por qué afectar al trabajo. De hecho, trabajamos muy bien juntos... —dudó si continuar porque la expresión que iba adoptando el rostro de Gordon lo inquietaba—... Que Marta y yo estemos juntos...

—¡Aaaaaaaaaaaahhh!

Peláez no supo nunca qué fue exactamente lo que ocurrió. Después de aquel alarido salvaje, y antes de perder la consciencia, sólo recordaba un impacto colosal.

Hicieron falta cinco empleados de Truman & Hansen para separar las manos de Gordon de la escuálida garganta del traidor.

SÁBADO 26 DE JUNIO

Gordon, el gran patético, se incorpora en el sofá de su salón rodeado de botellas de whisky vacías. Lleva cinco días dándose a la bebida como si en el fondo de las botellas pudiera encontrar el olvido que con tanto fervor anhela...

...

¿Tiene sentido seguir?... No lo sé...

La situación es muy dolorosa, casi tanto como la resaca que amenaza con reventarme la cabeza...

Podría, tal vez, aceptar la pérdida de Marta, pero juntar eso a la traición de Peláez, a quien tan bien he tratado siempre...

Constatar la traición de aquellos en los que más confías es una experiencia que ni en lo más intenso de la sed de venganza se puede desear a nadie...

...

Un punto de lucidez, una vez agotado el whisky, asoma ahora por entre los desvaríos de los últimos días. Noto el delirio desvanecerse y queda más amarga en su brutal crudeza la hiriente realidad, incrustada en todos los recovecos de mi mente.

Ahora sé que no estoy loco.

No estoy loco, no. Sólo osé tener un sueño quijotesco... una esperanza vana... una pretensión absurda. El estéril deseo de todos lo que se saben iluminados por una razón preclara. Pretendí sembrar en yermos páramos mostrando una actuación ejemplar. Quise, en un gesto que me honra enorme y vanamente, escribir un diario en el que plasmar con detalle los pormenores y los principios de una existencia modelo, la mía.

Yo, Gordon, me sé depositario de las más altas virtudes que en una persona puedan reunirse y quise, desde estas páginas, dar ejemplo, asistir a los confusos, guiar a los bienintencionados.

Siempre he intentado conducirme con rectitud, ayudar al prójimo y que la justicia saliera triunfante. En definitiva, he tratado de hacer un mundo mejor y he intentado mostrar a los demás cómo hacerlo.

Esta resacosa mañana he leído las páginas que hasta ahora llevo escritas. En la fiel transcripción de mi vida durante este mes de junio — veinte días hace hoy que comencé el diario—, relato todo tipo de anécdotas, aventuras y simple pasar por el mundo que reflejan cómo me conduzco y qué es lo que intento. No hay una persona que merezca menos lo que le ha sucedido que yo. Todos los lectores que hayan llegado a este punto sabrán de sobra la devoción que sentía por Marta Ellis. Desde que la vi no podía pensar en otra mujer y era mi más profundo deseo y acuciante necesidad unirme a ella. He guardado difícil fidelidad a su recuerdo ante las más irresistibles tentaciones. En estas páginas se constata mi carisma arrollador con el sexo débil y las múltiples oportunidades que tengo cada día, constantemente, de gozar de la unión carnal con inocentes o mundanas hembras. En las noches vacacionales el asalto ha sido continuo y con ninguna de ellas accedí al ayuntamiento.

No merezco este calvario.

Insisto, no sé si me duele más la traición de Marta o la de Peláez. Aunque no del todo explícita, entre Marta y yo había una relación que algún insensible podría tildar de reducida en el tiempo, sin entender que por otros baremos se miden estas tiernas materias. Una relación delicada y sutil, pero poderosa a la hora de mover espíritus, de insuflar virtudes a las almas y esperanzas a los corazones. En cuanto a mi relación con el otro traidor, entre Peláez y yo latía vigorosa una amistad de años. Una relación que sólo dos hombres adultos pueden construir y mantener sólida ante los embates del tiempo y las adversidades. No me cabe en la cabeza una excusa para su comportamiento. ¿Qué podría justificarle? ¿Cómo podría convencerme de que no se merece una fría y poderosa venganza, más allá de la muerte si fuera posible? Por mucho que lo intento, no encuentro un solo resquicio para el perdón. No hay alegato ni coartada posibles.

¡Ay, ay! ¿Podré soportarlo? ¿Podré reponerme y volver a ser el faro de tantos que buscan la luz, el sentido a sus insulsas existencias? ¿Acaso el resentimiento me sirva de motor para levantarme de este sofá, alimentarme de una vez como es debido con alimentos de calidad y dedicar la vida entera a reparar este ultraje?

Pero no, no voy a rebajarme a actos de semejante naturaleza. Por encima de mi tremendo dolor, de mi lógica y justa cólera, de mi evidente derecho al desquite, he de situar la determinación que siempre me ha movido y el deber de responsabilizarme de haberme convertido en el modelo de tantos y tantos miles, si no millones.

Voy a perdonar, aunque el olvido me resultará imposible. Voy a perdonar y a recomponerme. Borraré de mi memoria esta semana nefasta y, con espartana y modélica actitud, dejaré que las profundas heridas de mi alma cicatricen lentamente al agónico y oscilante ritmo al que el alma se restaña de tan incomprensibles y crueles mandobles.

Pero ¡ay! otra vez. Qué difícil se me hace incorporarme. Tal vez deba dejar para mañana la resurrección del cuerpo, que ya he avanzado hoy bastante con la del alma. Ya les gustaría a muchos poder decir lo mismo, mundo de homínidos envidiosos de mi fino intelecto.

Medio tumbado en el sofá, como estoy ahora, resulta bastante incomodo escribir. Seguiré en otro momento, cuando mi ánimo y mis energías vuelvan a sus admirables niveles habituales...

...

Desde aquí veo que esa botella de al lado de la papelera no está del todo acabada. Voy a por ella... ¡Oh albricias, ésta que tan cómodamente reposaba bajo mis voluptuosas nalgas está casi llena!

Tengo la impresión de que esto empieza a mejorar...

...

LUNES 28 DE JUNIO

Después de prolongar sus vacaciones una semana más de lo previsto, Gordon se incorporó definitivamente al trabajo. En su alma no albergaba resentimiento alguno, su ánimo era fresco y jovial y su disposición la más conciliadora de las posibles.

Atrás quedaba ya, casi eliminada del recuerdo, la idea de vengar las afrentas sufridas. Superar ésta y cualquier otra prueba permitía a nuestro héroe, igual que a cualquier otro de los grandes hombres que han sido, sentir orgullo de sí mismo. Orgullo que, unido a su beneficencia y magnanimidad, le permitiría continuar con su tarea vital de ser el guía espiritual de la humanidad.

Este Gordon renovado, mejorado si eso fuera posible, entró a las diez de la mañana en la espléndida compañía de electrodomésticos Truman & Hansen, con la intención de que aquella jornada se grabara con letras de oro en los anales del mundo empresarial.

Su gran proyecto estaba listo.

Ese mismo día prepararía y presentaría las primeras conclusiones. Iba a elaborar un Decálogo que se convertiría en los diez mandamientos que habrían de regir el comportamiento de las empresas de una forma completamente nueva, igual que el Decálogo que Moisés transmitió a su pueblo supuso un nuevo enfoque y guía para los hombres de la época. También él se sentía como un profeta.

Al entrar en el despacho, el insulso Peláez lo miró con respeto y tal vez una sombra de temor asomó también a su mirada. Gordon lo tranquilizó mostrándole una expresión beatífica que daba a entender que todo quedaba perdonado, y que incluso le agradecía que no lo hubiera denunciado y que hubiera evitado que en la empresa se tomara represalia alguna por haberlo agredido. Justa agresión, recordemos.

Gordon no estaba seguro de que Peláez se hubiera enterado del porqué de aquel incidente. Su necedad era tan considerable como la simpleza de la pobre Marta Ellis, que tampoco parecía entender nada. El romanticismo innato de nuestro protagonista lo había hecho idealizar en el pensamiento a una mujer que en realidad no llegaba a la altura de los tobillos de su irreal idealización ni de los del idealista recreador. Ya nada de aquello importaba y Gordon comenzó a trabajar a su habitual ritmo frenético después del breve saludo a los compañeros.

Toda la mañana se dedicó a sintetizar y a escribir mientras sus compañeros perdían el tiempo cuchicheando en el otro extremo del despacho. A la hora de comer salieron juntos sin decirle nada, y él se quedó trabajando sin parar nada más que para comer unos bocadillos que llevaba preparados.

Por la tarde siguió, siguió y siguió trabajando hasta que a unas horas inhumanas su proyecto estaba listo para una primera presentación. Nadie había trabajado tanto en un mismo día, y eso tal vez supusiera funestas consecuencias sobre su salud, pero había concluido el

Decálogo. Esta primera presentación sería previa al gran desarrollo de las principales conclusiones que allí se esbozaban. Newton trabajaba de una forma similar a la suya, recordó satisfecho.

Peláez y Miss Ellis se habían ido hacía cinco minutos y no parecía que quedara mucha gente en la oficina. Se levantó por fin de la silla y fue a orinar al baño. Cuando regresaba vio por casualidad que Peláez se había entretenido en la sala de las secretarias y que en ese momento salía de allí y abandonaba definitivamente el edificio. Gordon iba a volver a su despacho, pero le picó la curiosidad por saber qué había estado haciendo Peláez y entró también él en la sala de las secretarias.

No había nadie y la luz estaba apagada. La encendió y estuvo curioseando un rato hasta que sus ojos se abrieron ávidamente al posarse su mirada en lo que sin saber buscaba.

En el compartimento destinado al correo de salida había una carta de Peláez. Estaba dirigida a la dirección. Probablemente el muy vil planeaba algo contra él y trataba de conseguir su mal mediante aquella carta. La cogió y se la llevó al despacho.

Con mucho cuidado consiguió abrir la carta sin romperla demasiado y leyó su contenido con creciente interés.

No era lo que esperaba encontrar. Es más, estaba ciertamente sorprendido. El pretencioso de Peláez trataba de obtener un puesto, muy superior al que actualmente ocupaba, en otro departamento. Según decía en la carta, optaba a él por considerarse con la experiencia y habilidades suficientes para cumplir los requisitos. Tras unos instantes de reflexión, Gordon aplastó la hoja que Peláez había escrito y la tiró a la basura. A continuación escribió él otra para sustituir a la de Peláez.

"Estimada Dirección:

Ha llegado a mis oídos la noticia de que buscan a alguien para cubrir un puesto de directivo. No sigan buscando. En mí tienen a su prócer.

Me considero capacitado, gracias a mi inmensa experiencia, para hacer lo que sea en esta empresa o en otra cualquiera. Es más, opto a este puesto por humildad, dado que podría sustituir ventajosamente a cualquiera de ustedes. Después de dos años ratonando en las cloacas de su querida empresa, he adquirido conocimientos sobrados como para presidir sus consejos.

Confíen en mí. Todo el mundo sabe que soy una persona en la que se puede depositar la confianza con total tranquilidad. A menos que reciba una tentadora oferta externa, no voy a dejarlos colgados ni a vender los secretillos de los que pueda enterarme desde una posición privilegiada.

La verdad es que me gustaría hacer un trabajo parecido al que hago ahora y ver la cara de subnormales que se les queda al comprobar que me pagan un dineral para que luego me pase todo el día vagueando por Internet. Ahora lo hago por cuatro duros, y me gustaría seguir haciéndolo pero cobrando mucho más. Sí, eso me motiva, y siempre les he oído decir que quieren empleados motivados.

Estoy seguro de que, una vez considerada mi candidatura, agradecerán mi laudable sinceridad y no les quedará duda sobre lo que tienen que hacer conmigo.

224

Abrazos para ellos y besos para ellas (que hay alguna directorcita que está... ¡Uf!)

Peláez - 9352"

Tras releerse la carta que iba a mandar, tuvo uno de esos ataques de risa tan joviales que a veces estremecían el cuerpo de nuestro amigo. No se reía por maldad, por supuesto, sino porque se alegraba de poder ayudar a la empresa. Era consciente de que con la carta que iba a mandar en nombre de Peláez no era muy probable que consiguiera el puesto que quería, pero eso no lo hacía por perjudicar a Peláez, sino para beneficiar a la empresa. Peláez era voluntarioso pero no tenía dotes de directivo. Necesitaba pasar aún muchos años en las trincheras antes de soñar con ascender al cuerpo de mando. Le vendría muy bien una lección de humildad para tomar consciencia de su situación. Le habían entrado repentinamente unos aires de grandeza que había que quitarle. Por su propio bien y por el de la empresa.

Gordon sí estaba sobradamente capacitado para un puesto de directivo y la idea lo sedujo por un momento. Podía mandar una carta él también y hacerse con el puesto. Director de Truman & Hansen... No. No era ambicioso. Sus objetivos eran muy elevados, más elevados incluso que obtener ese puesto directivo, pero estaban encaminados en otra dirección. Él tenía que desprenderse de materialismos y seguir poniendo sus granitos de arena en la construcción de un mundo mejor; marcando la pauta desde la sombra, como siempre había hecho, hasta que su vital labor fuera inevitablemente reconocida a escala universal en el momento en que hiciera público su genial trabajo.

Estaba en el umbral de la gloria.

Cerró el sobre de Peláez con la carta que él había escrito y lo colocó otra vez en el correo de salida. Después volvió a su despacho y releyó el contenido del Decálogo. Casi se le saltaron las lágrimas al hacerse consciente de que había concluido el trabajo de años; de que tenía en sus manos un documento genial, innovador, revolucionario, que inicialmente iba a hacer que su empresa se colocara como líder y paradigma en la industria, y posteriormente cambiaría el mundo tal y como hasta entonces era conocido.

Como primicia, de la que los lectores nunca se podrán congratular lo suficiente, se recoge a continuación el contenido del informe que Gordon envió a la dirección de Truman & Hansen:

"Estimados señores:

Después de duros años de arduo trabajo, he completado un proyecto que supone un gran salto en la concepción del mundo de la empresa y de las estrategias que conducen al éxito.

Quiero que Truman & Hansen se beneficie de mis conclusiones porque para mí ha sido más una familia que una empresa durante todos estos años de comunión. Sé que el efecto de mi trabajo trascenderá las fronteras de nuestra querida organización. Es inevitable. Pero también sé que el hecho de que vaya a ser Truman & Hansen el epicentro del terremoto económico que se va a producir, nos colocará en una posición de liderazgo que ya nunca abandonaremos.

Lo que a continuación adjunto, y que he tenido el acierto y la ligera vanidad de denominar "El Decálogo

de Gordon", es un resumen de las principales conclusiones. Estas líneas maestras las he elaborado a partir
del tratamiento y análisis de una gran cantidad de
información que he ido recopilando desde mis juveniles comienzos en Truman & Hansen. Estaré encantado
de dirigir el equipo de investigación y desarrollo que
se cree a efectos de pulir mi producto original.

Nos encontramos en un momento histórico.

Sin más dilaciones...

EL DECÁLOGO DE GORDON

1) El <u>análisis del cliente</u> es fundamental para cualquier empresa. La posición socioeconómica (indigente, dudoso, potentado...) y la personalidad de un cliente (cleptómano, estafador, honrado...) es lo que determinará que una venta sea un negocio o un error. Ninguna empresa cerrará una venta sin el análisis previo de estos factores.

2) En muchos casos erróneamente, a los clientes se les han concedido unos derechos que les permiten exigir el cumplimiento de ciertas condiciones a las empresas que les han suministrado productos y servicios. Debido a esto, la selección de los clientes, mencionada en el punto uno, librará a las empresas de arruinarse en los tribunales. En paralelo, los departamentos jurídicos intervendrán en estas cuestiones y acudirán a los tribunales para <u>recurrir todos los derechos de los consumidores</u>.

3) La <u>colaboración</u> entre el mundo empresarial y las <u>fuerzas de seguridad</u> será estrecha y permanente. En los archivos policiales figura información cuyo valor para las empresas se puede considerar de miles de millones. Vender a un delincuente es perder dinero, especialmente vendiendo a crédito. Esta estrecha colaboración entre fuerzas de seguridad y mundo empresarial será en ambos senti-

dos, porque desde una empresa se detectan continuamente comportamientos delictivos en los clientes.

4) La ficha que cualquier empresa tiene actualmente de sus clientes será ampliada con otros datos relevantes de cara a evitar problemas futuros. En el caso de la venta minorista, se exigirá la reveladora <u>foto del candidato</u> a cliente (pelo largo, mirada perdida...) También hay que conseguir legalizar la realización preventiva de <u>análisis de sangre</u> para detectar sustancias psicoactivas en los casos más sospechosos (tatuajes, lenguaje soez...)

5) Ha de legalizarse un <u>plazo para estudiar la viabilidad</u> de todas las ventas, igual que ya se hace en algunos casos, como en la venta de armas. En ese plazo se investigarán los antecedentes criminales de los candidatos. Asimismo, se dejará pasar un plazo, recomiendo tres meses, antes de atender cualquier reclamación. Este plazo disuadirá a los quejicas compulsivos y a los desocupados, entre otros, quedando tan sólo aquellos cuya quejas estén realmente fundadas.

6) En función de la delicadeza de la venta, es importante diseñar y realizar baterías de <u>tests psicológicos</u> que se estudiarán en el plazo concebido a tal efecto. Disponer de un departamento de Psicología del Cliente es indispensable y urgente. Las conclusiones se utilizarán para determinar la viabilidad de esa venta y se incluirán en las <u>fichas permanentes</u> de los compradores (fichas indestructibles y eternas, no como los registros policiales, que absurdamente se destruyen al cabo de un

tiempo. Es más, acabarán sirviendo para establecer rasgos delictivos hereditarios)

7) Se creará una <u>base de datos</u> de clientes <u>común</u> a todas las empresas. En dicha base de datos, al estilo de las de las compañías de seguros, figurarán todos los datos <u>de interés comercial</u> (media de reclamaciones / mes, número de visitas al servicio técnico, antecedentes criminales...) De esa forma, un cliente que trate de estafar a una empresa mediante absurdas reclamaciones o intentos de devolución no podrá volver a comprar nada en las compañías adscritas a esta base de datos.

8) El Estado debe crear <u>redes de suministro</u> de las materias básicas que las personas consideradas *non grata* no puedan conseguir por los canales comerciales habituales. Que quede bien claro que no queremos perjudicar a nadie, pero no es responsabilidad de las manos privadas mantener a los inadaptados. Tampoco es desdeñable la idea de tratar de alejarlos de la sociedad mediante algún medio legal (¿una <u>isla-cárcel, lobotomía</u>?...) Hay que tener en cuenta que los hay con la habilidad suficiente para delinquir continuamente, hasta el punto de arruinar a una empresa con sus reivindicaciones, y no acabar en la cárcel.

9) Se establecerán diferentes <u>escalas de precios</u> en función del riesgo cliente para que no paguen justos por pecadores. También se fijarán <u>fianzas obligatorias</u>, en función de la categoría del cliente, para compensar las perdidas por reclamaciones que se deban al mal uso que hacen de los artículos que compran. Estas fianzas están pensadas

para el tipo de cliente que se hace los filetes en la plancha de la ropa o que centrifuga la cubertería. He visto casos similares y peores, mucho peores.

10) Las siguientes personas son consideradas *non grata* y hay que alejarlos de las empresas, ya sea como clientes, proveedores o trabajadores:

— Iletrados. Se los detecta fácilmente. Todos los sufrimos en el día a día. No saben hacer la O con un canuto pero tienen la soberbia de exigir las más soberanas estupideces.

— Irrespetuosos. Gentuza incapaz de mostrar el debido respeto en ninguna situación. Se ponen en evidencia ellos solos. La práctica utilizada hasta ahora es ignorarlos como si no existieran mientras se desgañitan reclamando su absurdo.

— Drogadictos. Cuidado con esta chusma. Si han recibido una educación son capaces de disimular y aparentar lo que no son. Recomiendo encomendar a gente experta la detección de estos indeseables.

— Melenudos. ¿Qué puede haber dentro de la cabeza de un hombre que no se corta el pelo? Tal vez no se den cuenta de que les crece porque su mente enferma no recuerde más allá de unos pocos días atrás. Una persona así se convierte en un peligro para la sociedad con un simple abrebotellas.

— Jovenzuelos que no hayan demostrado haberse adaptado a la sociedad. También se los ve venir. Hoy en día los infantes desarrollan una imbecilidad supina que no los abandona antes de los treinta / cuarenta. Los casos más crónicos nunca se restablecen. Dejar un simple aspirador en semejantes manos suele concluir en tragedia, por la mencionada imbecilidad o por su contumaz instinto de sedición, que viene a ser lo mismo.

— Reincidentes. Hay gente que toma el gimoteo como un deporte o que sufren de manía reclamatoria. Estos alborotadores son muy peligrosos. Estudiar la viabilidad de recluirlos (¿en la isla / cárcel?)

— Hombres de edades peligrosas. El rango es muy amplio entre distintos individuos, pero los hombres se creen con derecho a quejarse de cualquier estupidez durante una buena parte de su vida. Aparte de en la juventud, problema ya mencionado, en la senectud la estulticia de las personas experimenta una importante recuperación. En la vida se suele pasar de la bobería a la sandez y de ésta a la nesciencia. Un hombre sólo puede considerarse de fiar durante la parte central de su existencia, siempre y cuando no esté dentro de otro de los grupos de riesgo. La duración de esta parte central varía entre cero y veinticinco años, según los casos.

— Mujeres histéricas. Éstas se creen con derecho a reclamar durante toda su vida. Personalmente apuesto por el tratamiento freudiano, pero en caso de no considerarse legal habría que tomar otras medidas (¿isla-cárcel, lobotomía?...) Cualquier cosa antes que seguir sufriéndolas.

233

Gordon - 9023"

No pudo evitar que cayeran unas lágrimas sobre el Decálogo, y tuvo que realizar unas cuantas inspiraciones profundas para serenarse. Secó las lágrimas con cuidado, dobló el documento y lo introdujo en un sobre. Fue maravillosamente emotivo el momento en que dejaba caer en el correo de salida aquel regalo para la humanidad.

Apenas podía esperar a que sus jefes lo leyeran.

Emocionado como estaba, todavía sentía en su interior la necesidad de hacer algo más para completar el día. Se dirigió a grandes y decididos pasos a su despacho y encendió el ordenador que usaban Peláez y Marta. Escudriñó un rato por la estructura de ficheros, buscando algo relacionado con la absurda relación que mantenían sus dos subordinados. Seguro que se ponían notitas estúpidas, cursis y vomitivos mensajitos. No encontró nada. Sólo veía un montón de documentos del inútil trabajo del subnormal de Peláez. Qué insignificante resultaba su miserable compañero comparado con el Creador del Decálogo.

Ensanchó su sonrisa animal hasta sobrepasar los límites racionales mientras marcaba uno tras otro los documentos de Peláez y los iba borrando. Primero los borraba uno a uno, pero luego se lanzó a borrar carpetas enteras aporreando las teclas con fuerza creciente.

—¡Toma, toma, toma!

La sonrisa era ya una carcajada psicópata. El ordenador inició una serie de extraños pitidos cuando Gordon comenzó a dar puñetazos al teclado. Las teclas saltaban por los aires.

—¿No te gusta? —chillaba cada vez más fuerte—. ¡¿No te gusta?!

Cogió el teclado con ambas manos y lo utilizó como una maza contra el monitor, que estalló con un aparatoso chisporroteo. Después pateó con saña la caja del ordenador, arrojó todo contra una esquina, caja, monitor y teclado, y lanzó encima las sillas de Peláez y Marta produciendo un tremendo estruendo. Ya no podía quedar mucho de lo que fuera que habían estado haciendo los dos tortolitos... los dos Judas mientras Gordon estaba de vacaciones.

Con una serena locura reflejándose en la mirada, Gordon revolvió los cajones de la mesa en la que trabajaban sus queridos compañeros. En uno de los cajones encontró tabaco y un mechero. Pertenecían a Miss Ellis, la vulgar Marta. Agarró el mechero y lo miró durante un rato, riendo entre pequeñas convulsiones. Después, con sudoroso esfuerzo, volvió a poner los muebles del despacho en su posición habitual, incluyendo el ordenador; encendió un cigarrillo y, con un gesto majestuoso, lo tiró a la papelera que había debajo de la mesa de Peláez.

Esperó unos minutos, pero el cigarrillo parecía haberse apagado. Lo sacó, lo volvió a encender, lo echó dentro y después prendió fuego con el mechero a varias hojas que había en la papelera. En unos segundos las llamas sobresalían un palmo del borde de la papelera y la colocó debajo de una de las sillas, las llamas lamiendo el asiento de plástico y tela.

Cuando la silla y la parte de abajo de la mesa ardían con fuerza, salió del despacho cerrando la puerta. Ya no quedaba casi nadie en el edificio y no detectarían el fuego hasta que hubiera consumido buena parte del despacho. Lo detectaran o no, le daba igual, porque el Decálogo estaba a salvo gracias al sistema antiincendios que se activaría cuando las llamas llegaran al pasillo, en donde estaban situados los detectores. Ventajas de un sistema de baja seguridad, pensó gozoso, sólo se quemaría su despacho y como mucho los adyacentes, y las culpas recaerían en el cigarrillo que Marta Ellis había echado a la papelera sin asegurarse de haberlo apagado del todo. Además, el fuego borraría las huellas de su apasionamiento con el ordenador de Peláez.

Una vez más lo tenía todo controlado.

Salió del edificio por el garaje, evitando así que lo viera nadie. Al día siguiente diría que se había marchado nada más irse sus compañeros.

A una manzana de distancia se volvió y pudo observar un fulgor anaranjado en la ventana que correspondía a su despacho. Suspiró a la vez que lo invadía una enorme paz:

La profunda satisfacción del deber cumplido.

Esta novela, *Diario de Gordon*,
de Marcos Chicot, se terminó
de imprimir en marzo de 2007
en los Talleres Editoriales Cometa, S.A.,
en Zaragoza